DU MÊME AUTEUR

Éloge de la trahison : notes du traducteur
Le Passage, 2002

SANS PLUS ATTENDRE

Sylvie Durastanti

SANS PLUS ATTENDRE

TRISTRAM

Ouvrage publié avec le concours
de la Région Occitanie Pyrénées-Méditerranée

Correspondance et catalogue :
Tristram – BP 90110 – 32002 Auch cedex
tristram@tristram.fr
www.tristram.fr

La maîtresse

Un nouveau jour s'est déjà levé quand je sors de la pinède. Entre les myrtes et la rivière, les traces laissées par les pattes des oiseaux venus boire à l'aube s'entrecroisent sur le sable sec. En dix pas, je suis au bord de la rivière et je m'accroupis pour effleurer l'eau, encore bien fraîche. Mais à l'instant où je me masse et me mouille la nuque pour bien me réveiller, j'entends rouler des cailloux, sur le sentier qui passe, plus haut, au-dessus de la rivière. L'un des intrus approche, trébuche et se met à jurer. De là-haut, il n'a pas pu me voir. Mais il sera vite là. Comment lui échapper ? Même si je me coule dans la rivière, je ne pourrai pas reprendre pied sur les gros rochers de l'autre côté. Et elle n'est pas assez large pour qu'il ne m'y voie pas. Là où j'allais me baigner, elle offre un beau trou d'eau profond, mais trop limpide pour me cacher. En amont comme en aval, elle ne court qu'entre des roches polies, trop inégales pour permettre de passer. J'entends toujours les cailloux voler, puis un cri de rage étouffé et un choc. Celui qui approche est tombé, sans doute pas assez dessoûlé depuis la nuit dernière. Et dans le silence qui suit, je comprends qu'avant qu'il ne se ressaisisse, j'ai un bref répit. J'ai peur, et j'essaie à toute force de me calmer. Que ferais-tu, toi qui sais toujours te tirer de tout, même de l'inextricable ? Alors que je tremble presque de peur et de haine, il me suffit de fermer les yeux pour te sentir près de moi et t'entendre me dire : *Rejette la peur ou la haine, elles empêchent d'y voir clair. Ne pense pas à l'autre comme à un ennemi. Pense à lui simplement comme à un autre – un autre aveuglé par l'envie, le désir ou la haine. Si grande que soit sa force, il a des yeux. Prends ses yeux, regarde par ses yeux tout ce qu'il voit, tout ce qu'il veut. S'il veut une chose que tu as, trouve un moyen de la mettre hors de sa portée. Qu'il en ait après ton pain, ton corps ou ta vie, ne les lui laisse pas.*

De là-haut, ne me parvient aucun bruit : signe que celui qui est tombé ne s'est pas encore relevé. Je me redresse, j'ouvre les yeux, et je regarde derrière moi, par-dessus mon épaule, avec d'autres yeux. Entre les traces des pattes d'oiseaux, je vois une chose qui me fait frémir : mes propres empreintes, dans le sable. Je voudrais les effacer comme on referme les lèvres d'une plaie. Mais les lèvres d'une plaie, on peut juste les rapprocher. Seul le temps les ressoude. On ne peut pas annuler un mouvement, effacer un geste, reprendre des mots échappés, retourner en arrière. Alors j'entends encore : *Il veut une chose que tu as.* Et je me dis : cette chose, c'est moi. Mon corps voudrait plonger dans l'eau, mes pieds voudraient courir. Mais en moi, je ne sais quoi s'y refuse et me dit : il faut retourner en arrière. Pardessus mon épaule, je fixe toujours mes empreintes et, en cherchant une issue improbable, mon esprit obtus bégaye : retourner en arrière. Et les cailloux recommencent à rouler, l'homme approche. Alors, comme animé par une force extérieure, mon pied droit se soulève et va se reposer dans la dernière empreinte qu'il a laissée ; puis mon pied gauche en fait autant. Cœur battant, ventre noué, gorge serrée, muscles engourdis, tout mon corps veut pourtant fuir. Mais il reste huit pas à faire, sans laisser de traces, et sans trembler, tandis que les cailloux roulent toujours, de plus en plus près, sous les pas trébuchants de l'ivrogne. Et ces huit pas, je les fais, je les fais tous à reculons, comme si, dormant debout, je marchais en rêve ; je repasse entre les myrtes, j'entre dans l'ombre des pins, et là, je ne bouge plus, je ne respire plus, en entendant l'ivrogne passer à trois pas de moi, sans me voir, rugir en découvrant mes empreintes, et se ruer dans l'eau où il croit trouver une femme pendant que moi, je me sauve.

À l'autre bout de la pinède, je m'arrête pour reprendre mon souffle, me ressaisir, et ne rien laisser paraître de ma peur, au cas où un autre des intrus serait déjà debout, dans ma propre maison. Surtout, que personne ne me voie y entrer comme une voleuse. Pour l'instant, cette maison est encore la mienne. Entre ses murs, je me sens forte. Et je peux me retrancher dans le quartier des femmes, où aucun des intrus n'a encore osé se risquer. De l'ouverture secrète à l'étage, je ne vois pas tout, mais j'entends presque tout. Si besoin était, ce qui vient de se passer me le prouve une fois encore : la force que me prêtent ceux qui m'entourent est feinte, pour une large part. Tout à l'heure, sur mon propre domaine, je n'étais plus maîtresse. Là-dessus, je ne me leurre pas. Jusqu'à présent, j'ai réussi à garder les intrus à distance, et, en somme, à les illusionner. Cependant, moi, je vois la vérité en face. Et si je ne suis plus maîtresse, que suis-je ? Une femme comme les autres. Une proie plus exposée que d'autres.

En passant le seuil, je vois Éri. Sans peser, son regard passe sur le voile si fin qu'il colle à ma peau moite, et une ombre d'inquiétude obscurcit ses yeux. Mais je lui souris calmement, et elle me sourit, comme si elle comprenait. Oui, quelque chose a failli se passer, mais rien ne m'est arrivé.

Le matin, Éri se lève très tôt. Comme moi, elle ne supporte pas de découvrir la grande salle en désordre. Quand je quitte la chambre du maître, où je dors toujours, elle a déjà tout rangé. Elle a ramassé les reliefs du dernier repas pour les jeter aux chiens, dehors ; elle a lavé les tables à l'éponge ; elle a répandu des cendres de myrte et de laurier sur les dalles tachées de graisse ; elle les a balayées ; puis, en plongeant la main dans la bassine posée sur sa hanche et pleine d'eau puisée la veille au soir, elle les a aspergées, toujours du même geste ample, avant de les balayer à nouveau. Enfin, elle a fait brûler dans une cassolette du romarin, elle a aéré la salle, puis elle a écrasé au pilon des fleurs d'immortelle pour parfumer l'air et elle a de nouveau rafraîchi les dalles de l'entrée. Grâce à son travail, l'odeur des viandes grillées ne flotte plus dans la salle, et la maison ressemble à ce qu'elle était jadis, à ce qu'elle doit être.

Quand elle a rangé la salle, elle reprend le corridor. Elle entre dans la chambre vide, où se trouve le grand lit au cadre de bois poli, tendu de larges sangles de cuir. Elle balaie le plancher, elle vérifie qu'il n'y a aucune toile d'araignée aux angles des murs chaulés ; elle secoue les draps de lin entre lesquels j'ai dormi et les retend. Alors elle ouvre le coffre profond où est serré le reste de notre literie. Glissant ses deux mains bien à plat sous le drap fin, tissé il y a bien longtemps, elle le soulève et le pose sur le lit. Puis elle tire du coffre les lourdes couvertures de laine qui ne servent que l'hiver ; elle les déplie, les secoue et les replie une à une, avant de les remettre à l'abri. Pardessus, elle repose le drap plié, sans y toucher davantage, et referme le coffre.

Sur le siège de la chaise haute, elle prend une corbeille en sparterie et la pose sur l'étoffe grossière qu'elle vient d'étendre au sol. Elle tire du panier les trois touffes d'immortelle, les trois branches de myrte et les trois brins de lavande qu'elle y a mis la veille, et les remplace par d'autres, plus frais et plus odorants. Puis elle replie l'étoffe, essuie soigneusement le bois poli du siège et y replace la corbeille.

Et elle sort, refermant sans bruit la porte de bois sombre, jadis enduit de poix, désormais luisant d'âge et d'usure, sur la pièce où personne n'entrera jusqu'au soir, à l'heure où j'y viendrai.

Si vaste que soit la maison, nous n'y sommes plus à l'aise. Rares sont les moments où nous pouvons parler ensemble sans risquer d'être entendues ou vues. La plupart du temps, nous nous comprenons en échangeant un simple regard, ou en nous retranchant dans un même silence. Mais à travers ce que nous avons pu échanger, j'ai compris une des choses que pense Éri. Selon elle, être esclave ou être femme apprend forcément à ruser. Pourtant, elle se trompe. D'ailleurs, sur quoi se fonde-t-elle ? Dans notre maison, elle occupe une place à part. Est-elle vraiment esclave ? Elle n'a pas été arrachée à sa terre, ni à sa langue. Après tout, elle est née ici. Je ne sais pas pourquoi son père l'a livrée à mon beau-père, qui la voulait et qui l'a payée cher. Alors, elle était jeune et belle, et il l'a choisie. Il était déjà marié, et il a aimé Éri. Assez pour ne pas vouloir faire d'elle sa concubine, assez pour deviner que ma belle-mère en serait jalouse. Pour ne pas attirer sur elle la haine d'une rivale, il s'est abstenu de coucher avec elle, et elle s'est gardée de le séduire. Il ne l'en a que plus aimée ; et elle a pu déverser sur le fils tant désiré né d'une autre tout l'amour qu'elle avait pour le père. Cependant, tant de discernement, tant de réserve ne lui sont pas venus parce qu'elle était esclave, mais parce qu'elle était Éri, et parce qu'en étant aimée de lui, et en l'aimant, elle est devenue femme. À ceci près qu'elle n'a pas été sa femme, ni peut-être celle d'aucun autre homme. Elle a connu l'amour, mais elle n'aura pas eu d'autre vie que la nôtre. Elle a réussi à cacher l'amour qu'elle portait à cet homme, en le reportant sur son fils, et son petit-fils. Sur mon propre fils.

En voyant vivre Éri, je l'ai compris : être femme peut forcer à dissimuler. Mais seul l'amour apprend à ruser. Aujourd'hui, me voici plus exposée que je ne l'ai jamais été à l'avidité des autres. Depuis bien longtemps, je mesure ma faiblesse et je lutte contre la tristesse. Tous me croient condamnée à attendre. Et ils se trompent lourdement. Je n'y suis pas condamnée. À ton départ, j'ai choisi d'attendre. Je le choisis encore, jour après jour.

Moi, je reste là, enracinée sur ta terre, enfermée dans mon silence, entre les quatre murs de ta maison. Parfois, la mer me réveille, quand elle roule les galets dans la nuit. Alors elle semble battre sous les murs. Pour un peu, je croirais qu'avec ses lourdes pierres et ses dalles carrées, la maison s'est désamarrée pour flotter jusqu'à toi. Elle me paraît tanguer. Mais ce n'est que ma raison qui vacille par moments, sous les assauts répétés du chagrin. Je reste allongée dans le noir, serrant des deux mains le cadre du lit. Et peu à peu, je sens le bois de l'olivier que tu as longuement poli pour en faire notre couche se réchauffer sous mes paumes. De la souche double, montent d'invisibles branches qui se referment au-dessus de moi. Leur ramure fantomatique frissonne doucement, argentée sous le clair de lune entré subrepticement dans notre chambre, et son bruissement couvre le roulis de la mer. Il me berce comme on berce un enfant, et me ramène dans le sommeil. Et jamais je n'y glisse sans espérer t'y retrouver.

Éri

« Eumos, il a failli arriver quelque chose de grave. Elle aime aller se baigner très tôt, à la fraîche, pour ne pas risquer de croiser les intrus qui ont envahi la maison. Quand elle sort, il y en a parfois un ou deux qui dorment vautrés dans la cour, parce qu'en jouant aux dés à la lueur des torches, tard dans la nuit, ils ont trop bu pour pouvoir rentrer chez eux. Ce matin, elle est partie, et revenue si vite qu'elle n'avait pas eu le temps de se baigner. En la voyant approcher, j'ai remarqué que l'un des deux ivrognes n'était plus dans la cour. Le premier soleil avait dû le réveiller. Elle marchait du même pas tranquille, très droite, mais quand elle est passée devant moi, son voile était collé à ses tempes par la sueur. Nos regards se sont croisés, et elle m'a rassurée d'un sourire. En fin d'après-midi, l'ivrogne est revenu. Il avait le nez écorché, les yeux pochés, violacés, et une énorme bosse au front. Comme les autres se moquaient de lui, il leur a dit qu'il était tombé sur le sentier menant à la rivière. Non, Eumos, ne ris pas : un ivrogne s'est fait une bosse, écorché le nez et poché les yeux. C'est chose banale, mais pas si grave, dis-tu ? Il y a plus grave. Laisse-moi terminer, avant de parler. Quand il s'est expliqué, les autres ont ri de plus belle. Alors il s'est mis en colère, et il leur a dit que c'était à cause d'une nymphe. Eux, ils riaient toujours. Il s'est fâché tout rouge et il leur a dit qu'en arrivant à la rivière, il avait vu dans le sable les traces d'une nymphe des eaux, et qu'il s'était fait la bosse en se jetant à l'eau pour l'attraper et en glissant sur un galet.

– Une nymphe !

Là, ils en pleuraient de rire.

– Et la preuve que c'était bien une nymphe, leur a-t-il dit, c'est que ses traces allaient à l'eau, mais qu'elles n'en repartaient pas.

Ah, toi aussi, cela t'étonne, Eumos ? Comment, c'est étonnant, mais pas si grave ? Une nymphe est forcément insaisissable ? Eumos, as-tu déjà vu une nymphe ? Bien sûr, Eumos, tu crois qu'il en existe, mais en as-tu vu ? Tu n'as pas eu cette chance ? Je ne suis pas sûre que ce soit une chance, de voir les nymphes des eaux, Eumos, car j'ai entendu dire qu'on les voit surtout quand elles viennent vous saisir pour vous entraîner au fond. Mais si, comme moi, tu n'as jamais vu de nymphe, as-tu vu des traces de nymphe ? Non ? Moi non plus, Eumos. Je vais te dire pourquoi : parce que les nymphes ne laissent jamais de traces. Non, cesse de plaisanter. Ce qui est grave, ce n'est pas que les nymphes aient le pied léger. Moi, je suis allée à la rivière avant de venir te voir, et j'ai vu des traces. Des traces de pattes d'oiseaux venus boire. Des traces d'homme, et même d'un homme qui a couru et qui est tombé avant d'atteindre l'eau. Et d'autres traces qui, effectivement, vont à la rivière, mais n'en reviennent pas. Vois-tu, Eumos, quand il m'arrive de laver quelqu'un, je regarde son corps, et ses mains, et ses pieds. Et ces traces sont celles de pieds que je connais. Ces pieds, je les ai lavés pour la première fois il y a bien longtemps, le soir où le maître m'a demandé de venir à son bord, afin de laver et parer la femme qu'il était allé chercher au-delà des mers. Ces pieds, je les vois tous les jours, du matin au soir, je les reconnaîtrais entre mille. Et je sais une chose : ils sont fins, ils sont beaux, mais ils ne sont pas ailés. Non, Eumos, il n'est pas grave qu'elle n'ait pas des pieds ailés. Mais il est grave qu'un jeune prétentieux, même encore ivre, croie pouvoir se jeter sur elle. Vois-tu, Eumos, je ne crois pas qu'il ait voulu violer une nymphe. Ne comprenant rien à ce qu'il voyait, il s'est bricolé un semblant d'explication. Tous rêvent de coucher avec elle, lui comme les autres. Tous prétendent l'épouser. Mais s'il l'avait attrapée, il l'aurait violée. Voilà ce qui a failli arriver. Trouves-tu excessif de juger la chose grave ? Nous en sommes là.

Ah, tu m'as comprise, tu ne ris plus. Et à ton tour, tu te demandes, Eumos, comment elle a fait ? Tu connais la rivière : quand on débouche de la pinède, elle fait une petite anse, avec du sable fin et des galets. C'est justement parce que le sable de rivière est si fin que les traces des oiseaux s'y impriment bien. Et l'eau est bien claire parce que tout le fond est tapissé de galets très propres. Donc on ne peut s'y cacher. Comment ça, pas même de l'autre côté ? Enfin, tu le sais comme moi, les roches sont si usées par le courant, quand il grossit, entre l'hiver et le printemps, qu'il est impossible d'y trouver la moindre prise pour sortir de l'eau. Je sais bien, Eumos. Toute femme qu'elle est, elle pourrait sûrement se défendre contre n'importe lequel de ceux qui osent la regarder et qui rêvent de la toucher. Mais elle ne peut pas franchir d'un bond les dix pas séparant la rivière de l'orée de la pinède. Surtout à reculons !

Te voilà bien pensif, tout d'un coup. Je ne voulais pas t'inquiéter, Eumos. Mais j'avais besoin de parler, et il n'y a qu'à toi, mon vieil ami, que je peux ouvrir mon cœur.

Pourquoi souris-tu, Eumos ? Arrête, Eumos ! Tu ris tellement que je ne comprends pas ce que tu dis. Ah, tu parles peu, mais chacune de tes paroles vaut son pesant d'or ! Je suis d'accord avec toi : inutile d'avoir des ailes aux pieds quand la pensée a des ailes. Ah, même si nous ne sommes pas de la même génération, nous sommes tous deux étrangers à celle d'aujourd'hui, qui ne croit qu'en la force et la violence, en se rengorgeant de son ignorance. Toi non plus, tu n'as pas oublié la légende ! En emmenant le bétail qu'il veut voler à son frère, le plus retors des dieux pense à le faire aller à reculons, pour masquer ses traces. S'en est-elle souvenue ? Toujours est-il qu'elle a fait de même.

Je suis inquiète, je te l'avoue, Eumos. Cependant, je garde espoir. Quand je vois d'un côté une meute stupide et avide, et de l'autre une femme capable d'une telle ruse, je pense que l'avenir réserve peut-être des surprises aux tenants de la violence.

Lorsque j'ai dit à la maîtresse que chez nous, dresser le métier interdit aux hommes d'approcher et de rechercher une femme, elle m'a comprise, j'en suis certaine. Sinon, elle n'aurait pas agi dès le lendemain.

Elle a lancé à la cantonade qu'on ne pouvait laisser tant de fil se perdre, et elle m'a fait dresser le métier dans la salle des femmes. Nous verrons bien ce qu'il en adviendra.

À présent, je rentre, Eumos. Porte-toi bien, mon ami. »

La maîtresse

Éri s'en doute sûrement : pour moi, le sommeil n'est pas toujours un refuge. Parfois, il me fuit, et je reste couchée, dans le noir, laissant mes larmes couler sans bruit sur mes tempes et tremper lentement mes cheveux. Certains soirs, quand la tension rend soudain tout mon corps douloureux, à la nuit tombée, l'air se rafraîchit. Alors le sommeil vient, impérieux, profond, vide. De ses mains de nuit, il dénoue mes articulations, il détend mes muscles. Et je m'y laisse sombrer avec gratitude. Parfois, le sommeil m'apporte un rêve. Mais pour moi, il n'en est plus d'heureux. Du plus plaisant des rêves, je n'émerge que pour retrouver ma solitude.

Cette nuit, tu m'as prise par le poignet, et tu m'as dit avec un sourire calme et grave : *Je dois partir, mais attends-moi, car je te reviendrai.* Et tu as répété : *Attends-moi, je reviens.* Et tu me serrais le poignet un peu plus fort, et je te souriais, confiante. Puis j'ai ouvert les paupières, et j'ai senti les larmes me jaillir des yeux. Car la main qui serrait mon poignet n'était pas la tienne, ni celle de mon fils, ni celle d'Éri, ni celle d'un autre homme. Dans le petit jour, j'ai vu que c'était mon autre main. Une fois encore, j'étais seule. Comme une pierre au fond d'un puits. Tu étais revenu, tu étais reparti. Tu étais reparti comme tu étais venu, en rêve. Voilà ce que produit ton absence. Elle ravage tout. À commencer par mon sommeil. N'espérant plus me rendormir, je préfère sortir. Comme toujours,

Éri est debout quand je quitte la maison sans bruit. Elle dort peu, et moins encore à la pleine lune.

Sous la dernière étoile, une lueur verte se diffuse lentement derrière les feuillages des arbres qui se découpent au loin, noirs contre le ciel encore obscur. J'avance sur les dalles froides que je devine à peine. Devant moi, les masses sombres des buissons semblent se poudrer par endroits de neige lorsque les montagnes surgissent, tout d'abord noires derrière les arbres. Puis, très lentement, elles s'éclaircissent. Au loin, je le sais, la mer s'étale grise, mais, comme toujours, j'évite de la regarder des hauteurs du sentier. Déjà, la lueur verte s'est délayée dans le ciel où traînent deux écharpes de nuage sales, et les dernières dalles accrochent la lumière. De noire, la terre devient ocre quand le ciel tout entier pâlit. Mais ce n'est que quand le soleil perce les branches des arbres que, brusquement, les couleurs semblent remonter à la surface des choses. Sur la terre blondie de chaume, les masses des lauriers se tachent çà et là du rose éclatant des fleurs : le jour est là.

Je passe sous les chênes verts et les arbousiers. Au-dessus des troncs tordus comme des muscles gonflés dans l'effort sous l'écorce grise, hérissée d'écailles rougeâtres, entre les feuilles bien vertes, les arbouses, virant du vert au jaune, puis au rouge, mûrissent lentement; si lentement que les fruits voisinent sur les branches avec les grappes de grelots odorants de la nouvelle floraison; si lentement que je ne peux m'empêcher d'en cueillir deux ou trois en passant. Je me demande pourquoi ces fleurs parfumées donnent des fruits à la fois acidulés et sucrés, mais plutôt fades. Puis sous cette vague pensée, je crois entendre l'écho de la voix de ma belle-mère, disant : *En perdant mon fils, j'ai perdu le goût de la vie, de la vie douce comme le miel.* Ah, c'est faux… Si la vie a un goût de miel, c'est celui du miel d'arbousier. Il n'est pas âcre comme le miel de châtaignier, ni piquant comme le miel de pin. C'est le seul miel doux et amer à la fois. Son âpreté et son amertume sont prises dans sa douceur même. Certains, comme ma belle-mère, ne l'aiment pas. La vie ne lui a offert que douceur, avant qu'elle n'en découvre l'âpreté et qu'elle n'en meure. Moi, j'ai toujours aimé ce miel, et je l'aime peut-être plus encore, depuis que les plus doux souvenirs de notre vie passée remontent inopinément à ma mémoire, et reviennent saturer le présent d'amertume.

Face à l'absence, chacun d'entre nous vit ou survit tant bien que mal. Depuis qu'il est seul, mon beau-père reste à la campagne, près du village sur l'autre versant de la colline. Il s'est replié sur lui-même, à ceci près que lui-même semble absent. Quand il passe le voir, son petit-fils le trouve presque en loques, comme un mendiant. Tant qu'il faisait froid, il paraît qu'il restait au coin du feu, tirant des cendres des châtaignes rôties, qu'il grignotait avec un peu de vin de ses vignes, avant de s'endormir sur place. Ces temps-ci, jouissant de la tiédeur des derniers beaux jours, il dort à la belle étoile, à même la terre, sur un lit de feuilles sèches, tombées des vignes. Le jour, il veille sur ses figuiers, ses poiriers, ses pommiers, ses oliviers et son potager. Sans doute soigne-t-il tout ce qu'il a planté pour son fils.

Cet homme qui avait tout, tant de prestance, de terres, de gens attachés à lui, s'en est délesté, comme si cela lui pesait. Il semble presque détaché de tout, mais je n'en crois rien. Il a simplement sacrifié ce qui le liait aux hommes, dans un espoir insensé : conjurer les puissances ou les forces qui nous entourent de lui rendre son fils. Sa femme, elle, a senti ses forces s'épuiser peu à peu dans le chagrin. Lui, il n'est pas défait, il s'est simplement défait de tout, réduit à l'essentiel. Jamais il ne va à la mer. Quand il s'allonge sur sa couche de feuilles, entre ses plants de vigne, sous les grappes lourdes, il sent la chaleur sèche de la terre monter et l'envelopper. Mais l'automne n'a qu'un temps. Voilà pourquoi j'ai entrepris de lui tisser un drap fin et solide, quand j'ai vu arriver les jours où je devrais laisser mon fils s'éloigner de moi pour aller parmi les hommes. Après tout, j'avais consacré tant de temps à élever cet enfant que la maisonnée semblait tourner toute seule. En fait, il n'en était rien : peu à peu, Éri s'était chargée de veiller à tout, et je m'étais effacée. Aux yeux de tous, je reste la maîtresse, j'ai la clef du cellier. Mais quand je me mets au métier à tisser, notre monde continue de tourner. Même s'il tourne autour d'un centre vide. Oui, ton absence contagieuse vide le monde de sa lumière, et nous nous retrouvons absents de nous-mêmes. Ta mère s'est laissée couler à pic dans le chagrin. Ton père s'est laissé sombrer dans le dénuement absolu. Et moi, ai-je fait mieux jusqu'à présent ?

Éri

« Non, Eumos, je t'en supplie, ne va pas déranger le vieux maître. Pourquoi ? Mais enfin, Eumos ! Son fils est parti depuis quinze ans, sa femme en est morte de chagrin, et lui-même, le voilà plus mort que vif ! Et tu irais lui dire qu'on te tue tes porcs ? Je comprends bien, je comprends bien, Eumos, que tu te désespères… Simplement, quand ce malheureux a perdu sa femme, crois-tu qu'il va pleurer sur tes porcs ? Je sais, Eumos, c'est elle qui te les avait confiés. Et je sais combien tu aimais cette femme. Plus encore que tes porcs ? Eh bien, Eumos, je te crois. Tout de même, ne va pas dire au vieux maître que tu aimais sa femme encore plus que tes porcs, il ne le comprendrait pas. Comment veux-tu que je sache à qui tu peux aller te plaindre ? Tu te plains déjà à moi, il me semble, et je compatis, non ? Il n'est pas question que tu ailles te plaindre à la maîtresse. Crois-tu qu'elle ne sait pas, quand nous vivons soir après soir dans des odeurs de viande grillée, que la maison est envahie de goinfres qui égorgent tes bêtes ?

Elle ne s'en moque pas, Eumos. Pourquoi elle ne dit rien ? Parce qu'elle les ignore. Si tu étais le maître… ? Tu ferais sans doute autrement. Mais vois-tu, Eumos, elle, elle n'est pas le maître. Le maître n'est pas là. Et en l'absence du maître, elle n'est que la maîtresse. Entends-moi bien, Eumos. Elle n'est pas le maître. Toi, tu ferais autrement, si tu étais le maître, je n'en doute pas. Mais que ferais-tu, Eumos, si tu étais la maîtresse ? Si tu avais un garçon à défendre, et si toute une bande de prétentieux qui se croient irrésistibles s'installaient à demeure chez toi, en exigeant que tu épouses l'un d'eux, alors que tu n'es pas veuve ? Irais-tu festoyer avec eux ? Partagerais-tu en souriant ton vin, ton pain et tes viandes ? Puisque tous semblent se valoir, et qu'aucun ne vaut rien, à en juger par la façon dont ils agissent, choisirais-tu le premier venu ? Au prétexte que ta couche est trop froide, la nuit, dirais-tu à ton fils : voici ton nouveau père, tu as presque son âge, vous pourrez chasser ensemble ? Comprends bien cela, Eumos : tu n'es pas le maître, mais tu es un homme. Elle n'est pas le maître, et elle est une femme. Ou s'il faut te le dire autrement : elle n'est pas le maître, car elle est une femme. Son fils sera peut-être un jour le maître. Ah, je l'espère autant que toi, Eumos ! Mais j'espère aussi que son père reviendra auparavant, ne serait-ce que pour lui montrer comment agir en homme et en maître. Car pour l'heure, il ne risque pas de l'apprendre, entre cette triste bande et son pauvre grand-père. Mais pour en revenir à elle… Elle n'est pas et ne sera jamais le maître. Elle s'ingénie à empêcher ceux qui prétendent poser au maître d'y parvenir. Que marmonnes-tu dans ta barbe ? On dit qu'elle subit tout sans agir ? On dit, mais on parle sans savoir. Et surtout, sans réfléchir. Toi, crois-tu si facile d'agir quand on n'est pas le maître ? Allons donc ! Nous en savons quelque chose, nous autres qui n'étions pas destinés à servir, n'est-ce pas, Eumos ? Nous deux, nous avons appris à obéir et à nous taire. Moi, tu le sais bien, je ne parle à personne d'autre qu'à toi. Sauf, parfois, à la maîtresse, mais en silence. Ou alors, en pensée. Et, malgré moi, de plus en plus, tant ce qui se passe me préoccupe. Oui, nous deux, nous avons appris à nous taire, par force. Mais rien ne saurait nous empêcher de penser. Et moi qui passe toute la journée et souvent, une part de la nuit, à deux pas d'elle, à l'entendre se taire, je sens qu'elle aussi, elle pense. Il est sans doute difficile pour elle, qui n'avait jamais appris à obéir, de se dominer comme elle le fait. Car elle se domine. Peut-être même, elle qui est arrivée ici farouche comme une pouliche, obéit-elle à plus fort qu'elle. Non, Eumos, pas à l'un de ces fantoches. Jamais elle n'envisagerait de s'allier à un homme qui ne vaudrait pas celui qu'elle attend. Alors qui, de plus fort qu'elle ? Tu me le demandes ? Mais elle et lui ! Eux deux ! Quand je la vois ressasser ses pensées, il me semble qu'en son for intérieur, elle parle au maître : elle l'interroge, et il lui répond ; elle pèse le pour et le contre, puis elle lui rétorque autre chose. L'une après l'autre, des pensées passent sur son visage comme l'ombre portée des nuages sur la plaine, quand le temps est changeant. Je la vois faire. Son corps est là, à l'autre bout de la chambre, mais en esprit, elle lui parle. Exactement comme nous nous parlons. Comment ça, c'est surtout moi qui parle ? Mais à chaque fois que je viens te voir, tu me demandes quelque chose. Comment voudrais-tu que je te réponde, sans parler ? Eh bien, Eumos, tu m'as demandé mon avis, et je te le donne : ne va pas déranger le vieux maître. Comment ça, tu ne m'as rien demandé ? En ce cas, pourquoi me fais-tu parler ? Tu ne me fais pas parler ? Tu me laisses parler ? Parfait, Eumos : cet avis que tu ne m'as pas demandé, je te le donne tout de même, gratuitement : ne va pas déranger le vieux maître. Là-dessus, je me tais. Tu ne peux pas avoir raison contre tous. Et partout ailleurs que dans ta cabane, Eumos, tous disent que je suis une femme qui sait se taire. »

La maîtresse

Quand j'ai dit à mon beau-père que je tissais ce drap pour lui, il a prétendu qu'il n'en aurait pas l'usage, que ce serait son linceul, s'il ne passait pas l'hiver. Je lui en ai voulu, surtout quand Télem m'a dit qu'à chaque fois qu'il passait le voir, il lui demandait immanquablement : *Et mon linceul, il sera bientôt prêt ?* Je ne lui offrirai pas de linceul, ce seul mot me fait frémir, alors que la mort rôde autour de notre maison.

Aussi, un matin, je me suis mise en route pour aller lui dire de cesser de parler ainsi. Je lui en veux, et pas seulement pour cela. Comme j'en veux à ma belle-mère de ne plus être là. Ce n'était pas une femme de la trempe d'Éri. Elle n'a pas tenu bon, elle a lâché prise. Elle n'a pas su attendre. Ou plutôt, elle a cru qu'attendre était chose passive. Et dans cette passivité, sa vie s'est amenuisée.

Mon beau-père, lui, attend encore. Bien sûr, il soigne en père les arbres qu'il a donnés à son fils. Pour tout le reste, il attend comme un enfant, sacrifiant tous ses jouets dans l'espoir d'obtenir la seule chose qu'il désire : le retour de son fils. Comme un enfant têtu, il s'est buté, mais nul ne tente de le raisonner. Il est maître chez lui. Sans doute, mais pour combien de temps encore ?

Dans l'inertie de cette attente obstinée, tout ce dont il s'est détaché part à vau-l'eau, et avec, le domaine qu'il a repris de son père, maintenu et légué à son fils. Je dis *le domaine*, et je pense : *le monde*. Notre monde. Quand le maître va en loques, quand il s'absente et rompt tout lien tissé avec ce qu'il a bâti et qui l'entoure, des choses aux hommes, l'ordre se perd et tout se délite. Le vieux maître croit que renoncer au pouvoir et aux choses suffira à lui ramener son fils. Mais il se trouve lui-même aspiré par ce renoncement. De jour en jour, tout son être cède et s'effondre. Rien en lui ne résiste à l'absence. Tout est drainé par le doute vers le néant. Seule Éri pourrait lui infuser assez de force pour résister, mais à présent que sa femme est morte, elle n'ose plus aller le voir. Moi, je ronge mon frein, et je ménage mon énergie. Je sens combien il est injuste d'en vouloir aux autres de ne pas affronter l'absence comme je tâche de le faire. Mais à l'exception peut-être d'Éri, personne ne comprend quelle force est exigée pour résister à tout ce qui nous menace. D'ailleurs, Éri elle-même le comprend-elle vraiment ? Ou confond-elle ma résistance et leur inertie ? En fin de compte, je n'en veux pas à ma belle-mère ni à mon beau-père de porter atteinte à l'ordre. J'ai d'abord pensé que leur affaiblissement minait ma propre position. Et puis je me suis dit que j'étais injuste. Avant de me mettre à tisser, je m'étais moi aussi réfugiée dans un ailleurs : dans l'enfance de mon fils, où chaque jour était tout neuf, et à inventer, dans un présent perpétuel qui m'évitait de ressasser le passé et de redouter l'avenir. Dans ce présent, chaque lendemain allait te ramener. Hélas, si chaque jour s'ouvrait avec l'ampleur d'une promesse, chaque soir se refermait sur une déception. Et les heures ensoleillées qui me ramenaient vers la nuit étaient exactement à la mesure d'un enfant : ce temps dérobé à la souffrance était un présent vivant, mais un présent minuscule.

Tout en marchant, je me suis aperçue qu'il était inutile d'aller parler à mon beau-père du drap que je tissais encore, et qui était d'ailleurs bien avancé. J'ai donc renoncé à aller le voir.

Et j'ai fait ce que je m'interdis en temps ordinaire : j'ai fait face à la mer.

Éri

« D'où nous est venue cette calamité, Eumos ? De tout ce qui faisait notre bonheur, il me semble. Prends la maison, dressée sur des hauteurs d'où le regard embrasse jusqu'à l'horizon. Sa position dominante permet de voir approcher tout danger, et d'agir en conséquence. Depuis toujours, les Anciens se repliaient derrière les murs massifs du domaine, après avoir fait provision d'eau et mis le bétail à l'abri. Ils ne redoutaient guère que l'approche de puissances rivales ou de pirates venus d'au-delà des mers. Mais notre monde est étroit, et ses ressources ne sont pas infinies. Les rivalités s'en trouvent exacerbées. Jamais les Anciens n'auraient imaginé que le danger puisse venir de l'île elle-même, ou des îles voisines et alliées. Et pourtant, la maison est aujourd'hui prise d'assaut par des envahisseurs venus des environs. Ils la dévoreront sur pied plutôt que d'y renoncer. Ils parlent notre langue, et ils mangent notre pain. S'ils n'étaient que des barbares, venus de terres incultes, couvertes d'oliviers sauvages, de vignes sauvages et de chèvres sauvages, se nourrissant de lait et de fromage, et ignorant comment on fait pousser le blé, on moud la farine et on cuit le pain, ils n'auraient pas entendu parler de notre île. Ils n'auraient jamais su que, sans être riche, elle était belle et tranquille. Ni qu'elle était orpheline de son chef. Ni que sa femme, son fils et ses gens attendaient toujours son retour, depuis tant et tant d'années. Nos envahisseurs ne sont pas des barbares. Ils sont bien pires. Ils parlent notre langue, mais ils ne s'en servent que pour mentir. Ils connaissent nos usages, mais justement, ils ne font que les pervertir et en abuser. Ils mangeaient et buvaient comme nous, mais bientôt, ils se seront tant gavés et soûlés que nous n'aurons plus à manger ou à boire. Ils riaient avec nous, mais aujourd'hui, ils rient de nous. Ils étaient comme nous, mais ils nous sont devenus plus qu'étrangers. »

La maîtresse

Quand on sort de la maison, on ne peut embrasser d'un regard toute l'île. Mais où qu'on regarde, on voit la mer. Pour moi, vivre sur l'île, c'est vivre assiégée par la mer. Elle est là, partout. Qu'elle miroite à l'infini, faussement calme, ou qu'elle s'agite, impossible de lui échapper. C'est une des raisons pour lesquelles je ne sors guère, sinon avant ou après le jour. En un sens, c'est vrai, la mer nous protège. Mais moi, elle m'obsède. Si elle me rend un jour la haine que je lui porte, elle fera mon malheur. Je le sais : je ne suis que moi, et la mer est un monde. Plus qu'un monde : elle est deux mondes. Même si je n'en connais que ce que tu m'as appris, et si j'en ai encore peur, je ne hais pas la mer vivante. La mer riche et poissonneuse, la mer navigable, de côte en côte, d'île en île, la mer familière qui nous porte et nous nourrit. La mer que je hais, c'est l'autre : la mer ouverte sur l'infini, la mer inféconde, la mer du couchant qui t'a toujours attiré, et qui te retient depuis si longtemps loin de moi. Car tu es forcément parti bien au-delà de notre mer familière. Sinon, de bouche en bouche, des nouvelles de toi seraient parvenues jusqu'à nous. Tu t'es aventuré dans l'inconnu. À chaque fois que tu en parlais, tes yeux brillaient, comme si l'inconnu recelait forcément des terres riches, des merveilles ignorées. Tu disais qu'il importait d'ouvrir des voies sur la mer étrangère, et ensuite, des comptoirs sur les côtes lointaines. Moi, j'ai beau scruter l'horizon, je ne vois rien de tout cela. Rien que la mer qui s'estompe dans le ciel, et qui peut-être n'ouvre que sur le néant, au bout de notre monde.

Quand j'affronte cette mer double, je ne parviens plus à distinguer l'une de l'autre, la mer vivante de la mer mortelle, tant je la redoute. Je ne la supporte qu'au lever du jour ou après le coucher du soleil, quand elle se tait, parfaitement assoupie. Le reste du temps, qu'elle rampe ou qu'elle se cabre, elle chuchote ou hurle sans fin à mes oreilles des choses. Des choses que j'aimerais comprendre, même si j'en ai peur. Parfois, j'en arrive à croire que moi seule l'entends.

Des hauteurs, je pourrais voir à l'horizon apparaître la voile que j'espère. Mais je n'aurais pas la force de patienter jusqu'à ce qu'elle se rapproche lentement de notre rivage, ni de voir une fois encore mes espoirs déçus. Voilà pourquoi je n'ose regarder la mer que rarement, et toujours du bord. À ras de terre. C'est là que je me trouve, là que je m'efforce de me tenir. Sur ton île qui m'aurait paru une montagne pelée, émergeant des flots, un caillou perdu dans la mer, quand je l'ai approchée pour la première fois, si tu ne m'avais pas dit de fermer les yeux. Ce soir-là, je t'ai obéi. Avant que nous n'arrivions à elle, elle est venue jusqu'à nous en mer, avec toutes ses fortes senteurs, portées par l'air descendu des bois frémissant dans les hauteurs, du maquis couvrant les pentes, et de la terre exhalant la chaleur du jour passé. En suivant le sentier, je me dis souvent que je pourrais le descendre les yeux fermés, guidée par chacune de ses odeurs familières. Et parmi tous les rêves que je fais éveillée, le plus invraisemblable et le plus rassurant est de me dire : si, sous un ciel sans étoiles, tu croisais trop au large de ton île couchée sur la mer, elle flotterait jusqu'à toi dans la nuit avec toutes ses senteurs pour que tu la retrouves enfin.

Voilà l'île que j'essaie de défendre, à ma façon. Pas celle du domaine qui est le tien, avec ses terres, ses gens, ses bêtes et sa vaste maison. Car étant femme, je ne les possède pas. Et même s'ils t'ont été légués, je doute que tu les possèdes. Tu ne possèdes pas plus ta terre que je ne la possède. Mais elle te possède, et elle me possède. À travers ce qu'elle a de plus impalpable, de plus singulier : sa lumière, ses senteurs, sa poussière, son vent, son silence.

Éri

« Je suis passée à la cabane, et je me suis doutée que tu avais emmené tes bêtes manger les premières châtaignes tombées au sol. Laisse-moi m'asseoir sur la mousse et reprendre mon souffle, à l'ombre des arbres. Je t'apporte quelque chose. Ce matin, la maîtresse m'a dit de descendre au cellier chercher la plus fine farine, et de préparer un gâteau au miel et aux figues. Sa belle-mère lui avait dit combien tu l'aimais, quand tu étais enfant. L'aimais-tu parce qu'il te rappelait ton pays ? Ou parce que c'était la première douceur que tu avais connue, loin de chez toi ? La femme du vieux maître ne l'a jamais su, à ce qu'elle nous a dit. Mais la maîtresse s'en souvient, et elle m'a dit de t'en apporter. Tu ne vas pas bouder, et le laisser aux bêtes, tout de même ? Mais si, c'est elle qui y a pensé. Pourquoi te mentirais-je ? Ne crois pas que la maîtresse ne pense qu'à elle, ou à son fils. Elle pense à l'absent, et aussi à tous ceux auxquels il manque.

Pour descendre au cellier, j'ai pris de la lumière, comme toujours. J'ai ouvert la porte et, en me retournant sur le palier, je l'ai bien repoussée derrière moi, afin d'éviter qu'une bestiole ne s'y glisse. J'ai puisé une bonne mesure de farine, et puis, je ne sais pourquoi, je me suis assise sur l'avant-dernière marche. En toute saison, il fait toujours bon au cellier : entre la paroi rocheuse du fond et les murs encaissés dans la terre, la température reste égale. Toujours. Depuis le jour où je suis arrivée dans cette maison, j'ai aimé y descendre et repousser la lourde porte sur le reste du monde. Là, je me sens au cœur même de la maison. Vois-tu, je descends au cellier comme si je descendais en moi-même. Il en était ainsi dès ma jeunesse, du vivant de la vieille maîtresse. Elle aussi était jeune alors et elle gardait l'œil sur moi. Son mari m'avait ramenée, elle supportait qu'il me désire – tant qu'il ne m'aimait pas. Cependant, elle ne voulait pas paraître injuste, aussi elle me confiait la clef du cellier en me chargeant d'y aller. Quand j'étais là, enfin seule, autour de moi tout n'était qu'ordre et mon cœur s'en trouvait apaisé. Mon père m'avait vendue sans se soucier de savoir si je serais caressée ou battue, violée ou aimée, mise au travail ou revendue au premier marchand de passage. Je trouvais au milieu des choses la place que j'avais perdue parmi les hommes. Loin des parents que j'aimais et qui m'avaient rejetée, j'étais là, dans ma tristesse profonde, dans un dénuement complet, comme une pièce de butin parmi d'autres, une chose parmi d'autres – voire moins précieuse et moins utile que toute autre. Je recherchais ces instants volés de solitude parfaite et je m'y perdais lentement. C'est le jeune maître qui m'en a tirée, avec ses baisers d'enfant sur mes paupières, ses bras serrés autour de mon cou et ses caprices incompréhensibles que ma voix seule pouvait calmer. Et peu à peu, je me suis sentie revivre. Je n'étais plus chose parmi les choses.

Eumos, est-il possible que nous autres, qui n'étions rien – sinon des bêtes de somme, des meubles ou des outils – soyons aujourd'hui les piliers invisibles de cette maison qui menace de s'effondrer ?

Assise au bas des marches avec ma farine, dans la pénombre, je voyais la flamme dansante luire sur l'or et le bronze, le métal brut entassé auprès des armes anciennes. Rangés contre les murs, je devinais les coffres de bois où sont serrés les étoffes vierges et les habits tissés et pliés avec soin, et derrière, les jarres pansues pleines d'huile fine, de vin vieux et de miel. La torche crépitait doucement. L'odeur de la résine se mêlait à celles des coffres, des jarres et de la farine qui me poudrait les mains. J'étais là, sous les armes des aïeux suspendues aux murs. Et au fond du cellier, était couché l'arc immense du maître, qui dort depuis si longtemps, intouché par ses mains. Ces murs abritent le produit de tous les travaux accomplis dans le domaine, depuis les semis jusqu'aux moissons, du grain récolté à la mouture, du filage au tissage. Comme l'arc et les armes, les provisions et les richesses amassées semblent dormir, dans l'attente du retour du maître. Il y a là, à l'abri, tout le trésor de la maison, somme de tant de travail, de savoir-faire, de patience et de foi en l'avenir. Des mains ont extrait ou forgé le métal, taillé la vigne et pressé le vin, ramassé les olives et pressé l'huile, cardé la laine et tissé les étoffes, des pieds ont marché, des dos ont porté toutes ces choses entassées en vrac ou en ordre. Ces choses si précieuses qui ont fait la richesse de cette maison finiront-elles par causer sa perte ? Là où il est, le maître ne sacrifierait-il pas volontiers ce trésor fait de tant de sueur versée, tant de peine accumulée, pour ce qui est plus cher à son cœur ? En partant, il a laissé son trésor en lieu sûr, enfoui dans le cellier, sous clef, loin des regards, dans la nuit. Mais il n'a pu enfermer ce qu'il avait de plus précieux, il a laissé sa femme et son fils à la vue de tous. Or d'île en île, de terre en terre, la beauté et la sagesse d'une femme capable d'attendre deux ans, cinq ans, quinze ans en a attiré plus d'un. Et un jour, ils sont arrivés de partout pour voir ce prodige et bien sûr pour tenter leur chance. Moi, je jetterais bien ce trésor à la mer, si cela suffisait à faire fuir les intrus. Entre ces choses dont nous autres ne saurions que faire, et les intrus avides de s'en emparer, n'y aura-t-il bientôt plus que nous ? Trois malheureux esclaves, un vieillard abruti de chagrin, un garçon sans père et une femme obstinée ? Même ceux qui prétendent admirer la maîtresse ne comprennent pas cet entêtement. C'est sa force, sa seule force. Elle est femme : elle n'ira rivaliser avec personne pour courir ou tirer à l'arc, elle ne défiera personne ouvertement. Sa prouesse est d'une autre nature : elle l'accomplit en silence. À la fois en secret et à la vue de tous. Cela s'appelle survivre. Et pour qu'elle, l'enfant et notre monde survivent, nous autres, nous devons durer et endurer.

Oui, le cellier soutient tout l'édifice. Il est le roc et le vide autour de quoi tout s'est construit. C'est pourquoi, dans le cellier, j'étais au cœur de la maison. Mais entre les coffres et les jarres, les métaux et les armes, je ne comprenais plus à quoi pouvaient servir tous ces biens. Ils sont là, comme si nul ne les possédait plus. Ils ne circulent plus depuis longtemps. Et moi, je suis lasse d'essuyer la poussière qui les couvre, tombée on ne sait d'où, sinon des heures et des années perdues, du temps gâché. Sous l'entassement de biens et de richesses, le cœur de la maison, presque mort, ne vibre plus comme par le passé. Quand la porte est close, on n'entend plus un bruit venant d'en haut. Et je pensais aux figues mûres au point d'éclater, presque confites de soleil, au miel sombre, au gâteau que j'allais cuire, comme si de rien n'était. Et je me demandais si un jour, je pourrais jamais en offrir à nouveau au maître, qui l'aimait autant que toi, quand vous étiez enfants. Je me souvenais comment sa mère lui avait appris à le partager avec sa sœur et avec toi. Et je me disais qu'il n'avait jamais cessé d'agir ainsi. Il avait voulu protéger toute l'île et sa communauté d'une guerre ruineuse en forces vives et en richesses. Mais de tous les gens de l'île, qui l'avait compris ? Qui s'en souvient ? Et surtout, qui s'en souviendra, à l'heure de le soutenir, s'il revient? Ne me dis surtout pas que le pays se passe de chef depuis quinze ans. Dans l'élan insufflé par le maître, le pays a d'abord continué à vivre dans la prospérité. Ensuite, il s'est mis à végéter. Tu le sais, le maître ne tenait pas à partir, mais les autres n'ont rien voulu entendre, et il a dû se résoudre à les accompagner. Là-bas, tous ont mené une guerre d'usure contre la ville du safran, et qu'ont-ils gagné? Ils l'ont réduite en cendres. Mais combien d'assiégés et d'assaillants ont été incinérés sous ses murs? On dit que sur la fin, il semblait pleuvoir des cendres, durant des journées entières. Cette pluie de cendres a fait lever la seule graine qu'on pouvait escompter. Une nouvelle violence, sous d'autres formes, plus larvées. Et nous voici, à notre tour, soumis à une autre guerre d'usure par ces ambitieux aux mains plus rapaces que celles des marchands qui courent les mers et nous vendent ce qui nous fait défaut. Eux, ils prétendent vouloir sa femme. En fait, ils veulent s'approprier ses terres, ses biens, tout son trésor. Inutile de nous leurrer : jamais ils ne laisseront vivre son fils. Voilà à quoi je songeais, au calme, assise sur la marche fraîche, sous les armes anciennes que je suis seule à manipuler, pour les faire briller. Et je pensais à Télem. J'aurais voulu le ramener vers l'enfance, et vers les jours si lointains à présent où la maîtresse le laissait m'accompagner au cellier. Il descendait une à une les marches de pierre, s'asseyait sur la dernière, et il me demandait ce que contenait chaque jarre, et à qui était chaque arme. Et toujours, il en revenait à l'arc immense qui le fascinait. Oui, j'aurais voulu le ramener en ce lieu protégé, car rien n'est aussi précieux que lui en cette maison, et comme la maîtresse, je donnerais tout le trésor pour sa vie. Car vois-tu, Eumos, nous avons beau faire semblant de vivre en paix, nous le sentons : à tout instant, un ou plusieurs des hommes qui nous imposent leur présence jour après jour pourraient décider d'en finir. S'ils s'impatientent trop, même en plein jour, ils le tueront sans bruit, derrière la première porte venue, ou dans l'ombre d'un corridor. J'aimerais mieux mourir, poignardée ou égorgée après lui, en voyant mon sang se mêler au sien, que de devoir laver ces dalles et essuyer les larmes de sa mère. Je n'aurais su dire depuis combien de temps je roulais ces sombres pensées en mon cœur. Soudain, j'ai entendu la porte du cellier s'ouvrir. C'était la maîtresse, qui s'inquiétait sans doute de me voir tarder.

– Prends une double mesure, Éri, avant de remonter, m'a-t-elle dit simplement, en voyant que tout allait bien. J'ai fait ce qu'elle voulait, et je l'ai suivie.

Mange tout le gâteau, Eumos, il est pour toi. Moi, je n'y trouverai jamais la saveur de ton enfance. Celle qui t'a été volée, par la servante sans cœur qui t'a enlevé à tes parents et vendu à des pirates phéniciens ; celle que la vieille maîtresse t'a offerte, en t'élevant ici, entre ses enfants. Je le sais bien : l'homme calme et bon que tu es cache un enfant meurtri.

Et nous deux, nous le savons : personne ne remet en question l'ordre qui régit notre monde. Chacun en est persuadé : au terme de la guerre, mieux vaut achever les vaincus, pour pouvoir dormir en paix. Et pour compenser ce que coûte n'importe quelle guerre en pertes humaines et en dévastation des terres, il ne suffit pas de piller. Il faut réduire en esclavage les femmes qu'on peut exploiter à bon compte et les enfants qu'on peut dresser et former, tant qu'il en est temps. Mais les vainqueurs l'ont appris à leurs dépens : des femmes qu'ils ont laissées vivre ainsi peuvent leur servir à manger, tout en refusant de manger à leur côté. Elles peuvent être violées nuit après nuit, tout en se refusant à appeler leur violeur par son nom. Et les enfants qu'ils laissent vivre en restent à jamais meurtris. De tels enfants, il y en a, où qu'on aille. L'ordre de notre monde est fondé sur la violence. Autant dire : l'ordre de notre monde est fondé sur le désordre. Ton sort et le mien l'attestent, car nous étions promis à une vie plus douce, avant d'être vendus. Depuis, j'ai grandi et vieilli dans une maison qui ne sera jamais mienne, même si j'y suis attachée. Et toi, tu as grandi, tu as mûri, tout en restant l'enfant volé, qui a payé si cher la docilité avec laquelle tu as suivi cette servante quand elle t'a pris par la main, l'enfant terrifié qui a vu les pirates la jeter à l'eau du pont du bateau. Après tout, elle n'a eu que ce qu'elle méritait. Quel est le pire crime ? Arracher un enfant à sa mère ? Ou vendre un être humain ? Elle a commis les deux. Tu ne me diras jamais ce que t'ont fait subir ces pirates en mer. Une seule raison pourrait les avoir retenus peut-être de te violer : le souci de ne pas abîmer visiblement la marchandise. Mais d'une façon ou d'une autre, ils ont abusé de toi. Quand le vieux maître t'a trouvé, sur le port où les pirates voulaient te vendre à l'encan, tu étais nu.

– Pour vendre un cheval, on lui ôte sa couverture. Pour vendre un esclave, on lui ôte son vêtement, lui a dit le chef des pirates.

Le vieux maître t'a acheté, rhabillé, ramené. Je vois encore la vieille maîtresse, si touchée de te voir tremblant de peur, les yeux pleins de larmes. Ce fut ta chance. Elle a voulu inverser ton destin, en t'élevant comme si tu étais sien, entre son propre fils et sa propre fille. Et pour cela, moi qu'elle avait toutes les raisons de détester, moi qui n'avais aucune raison de l'aimer, je lui suis reconnaissante. Mais si bon soit-il, tout acte a son revers. Des années plus tard, le vieux maître a marié sa fille. En la voyant pleurer dans tes bras, le jour où son mari est venu la chercher pour l'emmener au loin, et en te voyant ravaler tes larmes pour la consoler, j'ai compris combien tu l'aimais. Peut-être aurais-tu pu vivre en paix, si tu n'en avais pas été séparé, après avoir grandi avec elle. Mais que pèse le chagrin des êtres séparés sans ménagement, au regard des alliances commodes que nouent les puissants ? D'ailleurs, qu'a produit cette fameuse alliance ? Rien de bien utile, selon moi. Depuis, l'homme qui l'a épousée n'est pas venu offrir son aide à la maîtresse, que je sache.

Enfin, que tu l'aies aimée comme une sœur ou davantage, tu as aimé son propre frère comme un frère. Vous aviez grandi ensemble, lui aussi s'était attaché à toi. Quand il a repris le domaine, il t'a laissé le travail auquel son père t'avait formé et qu'il t'avait destiné. Tu as sa confiance. N'empêche… Le jeu des alliances n'a porté qu'une moisson de morts. Si le maître revient, sur qui pourra-t-il compter ? Sur sa femme, son fils et deux ou trois misérables esclaves ? N'y aura-t-il que nous, enfants du désordre, pour maintenir l'ordre ? Crois-tu que nous soyons en mesure de défendre Télem et sa mère ? Contre tant d'intrus ? À présent, nous sommes tous en danger, nous ici, et lui ailleurs, peut-être. Songe-t-il que son propre fils pourrait connaître le sort que tu as connu ? Lui qui t'aimait comme un frère, s'il est encore vivant, regrette-t-il enfin de n'avoir jamais envisagé de te libérer ? Lui qui était maître ici, que maîtrise-t-il ailleurs ? A-t-il conquis une autre terre et d'autres hommes ? Dérive-t-il encore au gré des vents ? Ou serait-il devenu un homme parmi d'autres ? Nous l'aimons tant, Eumos, et depuis si longtemps, que nous n'arrivons même pas à l'imaginer ainsi. Comme toi, comme sa femme, comme son fils, je veux croire qu'en quelque lieu qu'il aille, il restera égal à lui-même, capable de l'emporter sur l'adversité. Ah, Eumos, je parle trop, mieux vaut que je rentre. »

La maîtresse

Le jour était doux, mais voilé sur la mer par la brume épaisse. Si elle touchait la terre, elle ferait tomber au sol ou pourrir sur la branche les figues.

Je me suis assise sur le sable sec, face à la mer, et j'ai vu la brume refluer lentement vers l'horizon. La mer restait grise, du gris froid et métallique des chardons qui poussaient entre les lys de mer. Il y avait un peu de vent, un vent tiède. Renversant ma tête en arrière tout en étirant mes bras derrière moi, j'ai posé mes paumes à plat sur le sable, en prenant bien garde d'éviter les piquants acérés des chardons bleus et de ne pas écraser les pétales fragiles des petits lys blancs. Entre les chardons et les lys de mer, avaient fleuri des touffes de santoline aux boutons jaunes. Au ras du sable, il y avait aussi un peu de vent, mais à peine. Quand il était petit, Télem m'avait montré de minuscules dunes formées sur le sable sec. Elles ressemblent tant aux ondulations moulées dans le sable par les toutes premières vagues fluant et refluant sur la plage qu'il m'avait demandé si la nuit, la mer venait jusque-là avant de repartir au matin. Je lui avais dit que la mer ne venait pas si haut, sans savoir que lui dire d'autre. Là, j'ai mieux regardé, et j'ai cru les voir pour la première fois : les dunes miniatures soulevées et creusées entre les touffes des tiges courtes et grises des santolines agrippées aux sables. Les chardons résistaient au vent en lui opposant leurs feuilles coriaces aux dents épineuses, les lys de mer pliaient sous le vent qui les froissait en ployant leurs tiges. Avec le réseau irrégulier de leurs touffes, seules les santolines, bien plus courtes que les chardons et les lys, avaient créé les dunes dérisoires qui freinaient le vent au ras du sable. Il y avait une telle démesure, entre les racines ténues de ces fleurs et la puissance tour à tour sournoise ou dévastatrice du vent, que je n'ai pu m'empêcher de sourire. Telle est l'ingéniosité de la nature, me dis-je, elle prend mille formes. Mais comme nous passons trop vite, sans y prêter attention, sans vouloir ou savoir apprendre d'elle, nous nous résignons à subir, au lieu de résister.

Alors je sens monter en moi la rage étouffée depuis trop longtemps, et je sens aussi une vague idée affleurer dans mon esprit, telle une bulle venant crever la surface étale d'un étang. Je ferme les yeux, en secouant doucement la tête, comme pour laisser l'idée venir au jour. Rien. Je crois l'avoir perdue. Puis je rouvre les yeux.

Devant moi, il n'y a que la mer vide, et l'invisible : le vent qui pousse vague après vague sur le rivage, et le temps, qu'elles rythment lentement, mais inexorablement.

Tout là-bas, à l'horizon, la mer et le ciel se confondent presque. Serais-tu, comme moi, sur un autre rivage, avec le ciel flottant entre nous deux tel un rideau d'écailles de cire vierge opalescente ? Je sais pourquoi il a fallu que tu partes. Mais pourquoi ne reviens-tu pas ? Est-il des sortilèges, des drogues, des femmes, des terres capables de te faire oublier ta terre, ton enfant, ton père, ta mère et ta femme ? Moi, je ne peux t'oublier. Parfois, je rêve que derrière l'horizon inaccessible, la terre est courbe. Alors, même si tu avais usé tes yeux à chercher dans les étoiles ta route au grand large, même si tu dérivais sans fin, la mer te ramènerait forcément à moi.

Je prends une poignée de sable fin et machinalement, je la fais couler d'une paume dans l'autre. Quand le sable s'est épuisé entre mes mains, mes yeux effleurent les santolines et les dunes miniatures. Et une question prend forme dans mon esprit.

Si de simples plantes peuvent ralentir le vent, pourrait-on freiner le temps ?

Cette question, je ne la comprends pas moi-même. Je me relève, je secoue le sable de ma robe en haussant les épaules et je reprends le chemin de la maison en songeant qu'à force de ressasser de telles choses, je vais perdre la tête. Et cette ineptie me sort de l'esprit.

Éri

« Du haut du sentier, j'ai vu la maîtresse descendre vers la mer. Elle fait des choses banales et étranges. Elle va jusqu'au bord, puis elle s'arrête et reste debout, laissant les vagues fluer et refluer autour de ses pieds plantés dans le sable. Ensuite, elle revient s'asseoir sur le sable sec. Elle reste là, à regarder le large, comme si son cœur était aspiré vers l'horizon. Et soudain, elle se penche, pour scruter longuement, entre de petites touffes de plantes grises, une chose invisible – peut-être un insecte ? Enfin, elle se relève d'un bond et remonte le sentier, qui est assez raide, trois fois plus vite qu'elle ne l'a descendu. Non, tu ne comprends pas, Eumos. Je ne l'espionne pas ! Je m'assure juste qu'elle ne risque rien. Mais l'alternance de tels moments suspendus dans une inertie méditative et de sursauts de vivacité m'inquiète. Moi, je n'ose rien lui dire. Et elle, elle n'a personne à qui parler. Je peux quitter l'enceinte de la maison, descendre à ta cabane et venir te parler. C'est à peine si l'on me regarde, ou même si l'on me voit. Dès que je franchis le seuil de la maison, dès que je suis à l'air libre, je respire mieux. Mais elle… Chaque après-midi, sitôt que les intrus sont installés dans la cour, elle ne peut passer sans que leurs regards poisseux s'attachent à ses formes et à ses gestes. Dès qu'elle quitte le quartier des femmes, où qu'elle aille, quoi qu'elle fasse, ils l'observent, ils la guettent. Elle passe sans un regard. Mais au prix d'un effort constant, d'une tension pénible. Passer entre ces regards avides, ou suivre un chemin de crête entre deux précipices, en les ignorant, c'est pareil. »

La maîtresse

Une fois rentrée, je me remets au travail. La journée passe. Le soir, au lieu de me retirer dans la chambre où je me suis installée à l'étage de la salle des femmes, je voudrais continuer à tisser à la lueur des lampes. Que mon beau-père préfère aller en loques ou tout nu, je finirai ce que j'ai commencé. D'ailleurs, l'ouvrage avance régulièrement. Et quand il sera achevé, arrivera ce qui doit arriver. Si tu ne reviens pas, toi que j'attends, si tu ne revois jamais ton fils, et si ton fils qui ne peut même pas se souvenir de toi ne connaît jamais son père, que pourrai-je faire ? Me réfugier chez mon propre père ?

Mon père m'en veut, je le sais, depuis le jour où j'ai refusé de revenir sous son toit.

Ici, dans l'île, comme dans toutes les autres régions du pays, les filles sont mariées très jeunes, vers quinze ans. Et moi, j'avais à peine plus quand des jeunes gens sont venus me demander en mariage. Ils se ressemblaient tous, et comme ils semblaient d'égale force, mon père leur a dit qu'il me donnerait à celui qui courrait le plus vite. Il était convaincu que tous se valaient, qu'aucun ne surpasserait les autres. Mon père pensait que des hommes en train de courir, ou même un homme capable de courir plus vite que les autres, ne risqueraient pas de m'éblouir.

Vers la fin de l'après-midi, ils se sont mis à s'entraîner sur la plage, en prévision de la course du lendemain matin. Ils couraient tantôt sur le sable humide et dur, tantôt sur le sable sec et meuble, faisant jouer leurs muscles, rivalisant de vitesse. Ménel était le plus grand, le plus rapide aussi. Parmi tous, un seul, un peu moins grand que Ménel, a demandé où se déroulerait la course. On lui a indiqué la piste de terre, ombragée d'un côté seulement, qui partait toute droite, et faisait juste un virage, avant de revenir tout aussi droite vers la dernière borne. Alors il a regardé le ciel. Il était légèrement couvert, laissant présager qu'il pleuvrait un peu dans la nuit. De loin, je l'ai vu aller vers la piste. De la borne de départ, il a apprécié la première portion de la piste. Puis il est allé posément jusqu'au virage. Il s'est penché pour effleurer la terre, et il a marché jusqu'à la borne d'arrivée, avant de revenir, toujours du même pas tranquille. Après avoir couru en tous sens, les autres s'étaient jetés à l'eau pour nager. Il les a rejoints. Entrant dans la mer, il a fait quelques pas, puis il s'est retourné et a fixé le bosquet de pins à l'ombre duquel je me tenais. Je n'ai pas bougé, mais j'ai compris : alors que je l'observais, il m'avait déjà repérée. Sans changer de visage, il a pivoté et plongé dans les vagues. Le lendemain matin, il faisait un temps radieux, et la piste était bien sèche, sauf dans le virage où une petite pluie, tombée avant l'aube, avait détrempé la terre. Quand tous se sont rassemblés sur la ligne de départ, il a laissé Ménel se placer à l'extrême gauche pour s'assurer le plus bref parcours. Lui, il s'est glissé à sa droite. Tous sont partis au signal. Ménel a pris la tête et l'autre a ajusté sa foulée sur la sienne, le laissant l'entraîner – jusqu'au virage. Là, emporté par son élan, Ménel a dérapé sur la flaque boueuse vers la gauche, et alors, lui, il a accéléré, l'a dépassé et il a gagné.

Mon père, qui avait escompté qu'il n'y aurait pas de vainqueur, lui a accordé ma main à contrecœur. Le surlendemain, il est venu me chercher. À peine arrivé, il m'a tirée par la main, il a rajusté le voile sur ma tête et il a dit : *Partons.*

J'ai pris place à ses côtés, et nous nous sommes mis en route. Nous n'étions pas très loin, et le vent qui avait fait glisser mon voile fouettait mes longs cheveux, quand mon père nous a rattrapés et m'a dit de revenir. Sans répondre, et sans les regarder ni l'un ni l'autre, j'ai baissé les yeux et j'ai rajusté mon voile sur ma chevelure en signe d'allégeance à celui qui m'emmenait. Et lui, à mes côtés, sans ajouter un mot, est alors reparti.

Mon père m'en veut sans doute encore de ne pas m'être pliée au rite, et d'avoir plutôt suivi cet homme comme s'il m'avait forcée. Donc je ne peux pas espérer me réfugier chez mon père avec mon fils. Pour me faire payer mon départ et mon silence, il me remarierait sans hésitation au premier venu. En rapace qu'il est, il en tirerait une nouvelle dot.

Quant à mon fils, s'il n'est pas en âge de forcer sa mère à se remarier, il sera bientôt impatient de prendre possession de son héritage. Et il ignore ce que j'ai en tête.

Je venais à peine de penser cela, quand je me suis dit : ce que j'ai en tête, est-ce que je le sais moi-même ? Souvent, face à moi-même, il m'arrive la même chose que face à Éri : je me tourne vers elle, une question sur les lèvres, et quand j'ouvre la bouche, la question me fuit. Éri me regarde, elle patiente le temps que je refasse le cheminement de ma pensée et que, tout au bout, je retrouve ce que je voulais lui dire. Face à moi-même, c'est peut-être pire : à l'instant où je vais saisir une pensée, elle m'échappe, mais si j'essaie de remonter en arrière, je ne trouve que des bribes de pensée, de vagues idées effilochées qui ne mènent à rien et dont l'enchaînement se dérobe. Je n'arrive pas à comprendre : ma réflexion a-t-elle sauté d'une idée à l'autre ? Ou mon esprit apeuré se détournerait-il d'une piste abrupte, d'une conclusion trop rude ?

Éri

« Un seul de tes regards vaut mille questions, Eumos. Mais que te dire ? Pas plus que toi, je ne sais ce que demain nous réserve.

Quand j'ai dit à la maîtresse que chez nous, dresser le métier interdit aux hommes d'approcher celle qui y travaille, nous avons échangé un regard. Et depuis, elle ne m'en a pas reparlé. De toute façon, hormis pour donner les ordres indispensables à la bonne marche de la maison, elle ne parle guère. Sauf à Télem, bien sûr. Et même en tissant, elle ne chante plus. Comme si elle voulait les priver d'entendre sa voix profonde et voilée, qui est l'un de ses plus grands charmes.

Tu connais le travail des hommes, Eumos. Tu le sais, chez nous, on ne laisse rien perdre. On ramasse et on rouit le lin, on tond les moutons et les chèvres, on fait même courir les enfants après les poils de chèvre tombés sous les lames des forces, quand ils flottent et s'éparpillent sur l'aire au gré du vent. Mais comme ces poils sont rêches, il faut des mains d'adulte pour les serrer et les torsader entre les doigts, d'abord en mèche hirsute, puis en tresse de plus en plus épaisse. Des mains d'homme sont nécessaires pour tresser des cordes. Il en va différemment pour d'autres matériaux. Pour le lin ou la laine, la nature livre des fibres ou des poils, des mèches compactes ou des fils isolés ; ces mèches ou ces fils, il faut tout de même les trier et les rassembler avant de les croiser pour en tirer une étoffe avec le seul travail des doigts. À côté du travail des hommes, il y a le travail des femmes. Il est moins dur, mais il exige autant d'assiduité. Vous autres hommes, vous voyez les femmes aller puiser l'eau et revenir, portant une jarre sur la hanche ou sur la tête, et vous les trouvez belles. Mais le reste de leur travail, vous ne le voyez pas, car il se fait entre les murs de la maison. Souvent, ce n'est pas un travail de force. Et la plupart du temps, c'est un travail presque invisible. Prends le tissage. Quand on a tendu sur le bâti du métier toute une nappe de chaîne, seule la ténuité et la souplesse du fil permet de le glisser en chevauchant la chaîne et de l'enchevêtrer pour former la trame. Chaque geste est précis, chaque mouvement mesuré, chaque regard attentif. Produire une toile régulière exige d'accorder une attention toujours renouvelée au même effort indéfiniment répété. Le travail est lent et monotone, car la chaîne n'est tendue qu'avec un même fil, la trame n'est ourdie qu'avec un même fil. Aussi, l'attention ne doit pas faillir. Il est bon de travailler sur la longueur, car l'effort est allégé par le rythme des mouvements et la scansion du chant. Mais s'acharner au travail et tisser en silence finit par ne rien produire de bon. Même la meilleure tisseuse n'est pas à l'abri d'une défaillance. Il était tard, et j'allais apporter une nouvelle torche, quand la maîtresse a étouffé un cri, en plaquant ses mains sur ses joues. »

La maîtresse

En laissant courir mes pensées, j'ai laissé courir mes mains. J'ai travaillé distraitement et j'ai fait une erreur. Il y a un défaut dans l'armure de mon ouvrage. J'ai mal écarté les fils de chaîne et raté la foule où glisser le fil de trame. Le défaut est trop visible : pour le rattraper, il faudrait défaire plusieurs rangs, et même remonter bien en deçà, reprendre et rabouter le fil. Des larmes de fatigue et de rage me montent aux yeux ; j'ai la nuque et les bras douloureux, et je sais pourquoi : je n'ai plus jamais envie de chanter en travaillant. On ne peut chanter sans respirer largement, sans redresser le buste penché sur l'ouvrage, sans emplir la gorge, sans relever la tête. Alors, tout le corps suit, il échappe au rythme trop régulier du métier, à cet aller-retour où la main seule semble agir, mais où la tension du bras finit par engourdir jusqu'à la nuque. Chanter irrigue d'air tout le corps, dénoue les muscles, et fait vibrer la chair. Mais depuis l'arrivée des intrus, quand je travaille, je ne chante plus. Je préfère me taire et penser en silence. Si je chantais, et même si je psalmodiais des syllabes dénuées de sens, ceux qui m'épient m'entendraient, ils pourraient deviner quelles idées j'ai en tête. Donc je me tais et je laisse voler mes mains en tournant et retournant mes pensées. Et justement, en me perdant dans mes pensées, j'ai raté un mouvement.

Pour la première fois de ma vie, mon esprit s'est détaché de ma tâche, mes doigts ont failli. Un bref moment d'absence a ouvert un défaut criant, et créé un vide.

J'ai tout le corps endolori et il est tard. Il est trop tard, me dis-je… Mieux vaut m'arrêter avant de tout gâcher. Autant faire une pause, me reposer jusqu'à demain.

Soudain, je crois entendre une voix familière me souffler à l'oreille : *S'il est possible de ralentir le vent, serait-il possible de freiner le temps ?*

Je sens le duvet se hérisser sur ma nuque et mes avant-bras. Cette voix, je ne la connais que trop bien. C'est celle qui me dit la nuit : *Attends-moi, je reviens.*

C'est celle qui m'a dit, il y a longtemps : *Le temps est ce qu'on en fait. Peu de gens le comprennent : quand il est tard, il est rarement trop tard. Le jour où ton père t'a promise à celui qui gagnerait la course, en t'assurant que tous étaient d'égale force, as-tu confusément compris qu'il voulait te garder auprès de lui ? Qu'il préférerait te donner à un homme qui ne te vaudrait pas, à condition que cet homme accepte de ne pas t'emmener loin de lui ? En tout cas, lorsqu'il nous a rattrapés et qu'il t'a sommée de lui revenir, tu as choisi de le quitter. Tu penses l'avoir choisi instinctivement. Mais il n'en est rien. La veille et l'avant-veille de la course, tes mouvements, tes gestes, tes regards et ton silence marquaient déjà à mes yeux la réserve et la distance que tu voulais mettre entre vous deux, entre ton père et toi.*

En t'emmenant, je n'ai fait qu'y répondre. Tu le sais, je ne t'ai pas forcée. J'ai seulement ménagé pour toi la possibilité d'affronter l'instant, et d'ouvrir notre avenir.

Crois-moi : le temps n'est que ce qu'on en fait. Cela, je l'ai appris en mer. Tu as peur de la vaste mer, je le sais. La mer est immense et incertaine. Sans se fier aux étoiles, nul ne peut prétendre y suivre de route. À chacun d'y frayer la sienne. Tout aussi incertaine est la vie. Jusqu'ici, notre vie était tranquille. Je dois partir, sachant que mon départ vous condamne, l'enfant et toi, à une vie qui pourrait devenir hasardeuse. Tout ce qui faisait nos journées me manque déjà. À l'instant même où je te parle, j'en ai déjà la nostalgie. Mais je pars sans inquiétude, car je n'aurai qu'une idée en tête : vous revenir. Les jours seront longs, mais je sais qu'à chaque instant, tu sauras que faire du temps.

En me remémorant cela, je suis heureuse qu'Éri soit auprès de moi. Pour un peu, je lui dirais : non, Éri, je ne suis pas folle, pas encore. Mais à quoi bon lui montrer les minuscules dunes qui rident à peine le sable sec de la plage ? Comment comprendrait-elle qu'elles puissent barrer la route à l'écoulement inéluctable des heures et des jours ? Comment lui expliquer que je cherche à y trouver une échappatoire au temps qui nous ensevelit lentement ? Ou du moins, à entrevoir un subterfuge qui nous permette de survivre à l'absence et de déjouer tout ce qui nous menace ?

Quand tu étais présent, les gestes qui rythmaient mes heures et mes jours, et le travail même que je faisais ainsi n'avaient rien de monotone. Chaque fil de trame passé au fil de chaîne nous nouait plus sûrement l'un à l'autre. À présent, tout semble distendu. Dans ma main, la broche de métal ménage toujours entre les fils de trame et de chaîne le bon espacement. Mais en effleurant le tissu déjà formé, la broche ne chante plus si juste en courant sur la chaîne tendue, comme si j'avais perdu mon doigté. Il faut beaucoup de pratique pour passer de l'application réfléchie à l'aisance légère du geste aérien. Et moi qui tissais sans effort, me voici rompue de fatigue. Combien d'heures et de jours de travail ont donc été compressés, geste après geste, point après point, coup d'œil après coup d'œil, dans cet ouvrage ? L'araignée tisserande tire de son propre ventre les fils qui formeront sa toile. Mais quand son ventre est vide, que peut-elle produire ?

Je me souviens soudain qu'un jour, j'avais vu Télem, petit encore, sortir en courant derrière ton jeune chien et je ne savais pas où il était passé. Il adorait observer les bestioles et les insectes, et je l'ai retrouvé dans le sentier : en entendant des feuilles d'olivier sèches craquer sous mes pas, il m'a fait signe de ne pas faire de bruit. Penché sur la terre, il regardait une toile d'araignée, tendue comme un drap grisâtre entre de grosses touffes de thym. Je l'ai pris par la main, pour l'emmener. Mais en posant un doigt sur ses lèvres, et en désignant de l'autre index l'un des angles de la toile, il a résisté. Je me suis penchée pour voir. Sous son doigt, il n'y avait rien, et j'ai cru que la toile était crevée. Et puis j'ai vu. Il ne me montrait pas un trou dans la toile, mais un entonnoir habilement filé, s'étrécissant vers le bas. On ne voyait rien de plus. Télem, lui, était resté longtemps à épier, et il m'a expliqué qu'il avait vu passer l'araignée qui, tout au fond, attendait sa proie. Le lendemain, un autre insecte, une autre bestiole a capté l'attention de Télem, et moi, j'ai oublié le piège tendu par l'araignée. Ce jour est bien lointain, perdu dans le temps révolu.

Qu'est-ce que le temps ? Un être sournois ? Un milieu indifférent ? Un climat changeant ? Impossible à mesurer, se dilatant dans le bonheur, se concentrant dans le malheur, il peut s'étirer à l'infini, se fracturer inopinément. Et il résonne comme une faille, comme un gouffre sans fond où, par moments, je glisse et je dérape.

Épuisée, j'ai dû fermer les yeux un instant.

Nous marchons dans le sentier, Télem me tire par la main, et soudain, il s'arrête et sans dire un mot, il me désigne la terre, et des touffes de thym, entre lesquelles je vois une tâche pâle. Ne comprenant pas ce qu'il me montre, je lâche sa main, et je me penche. À cet instant, je reconnais la toile de l'araignée, évasée en entonnoir. Mais j'ai beau me pencher, je n'en vois pas le fond. Il n'y a qu'un trou, et tout le bâti si fin déployé autour ne mène qu'au vide. Je suis au bord des pentes lisses de l'entonnoir, et je ne vois rien au-delà. Il s'y trouve pourtant un être, qui a tissé ce piège de soie, qui a tiré de son ventre fil après fil, les a tendus et entrelacés en une couverture diaphane et poisseuse, pour se protéger des intrusions. Tapie dans l'ombre, invisible et silencieuse, l'araignée attend la proie qui s'y prendra et, en se débattant, glissera jusqu'à elle pour être dévorée. Devant la finesse de ce piège, la ténuité des fils et la simplicité de l'entonnoir débouchant sur du vide, je me sens prise d'une sorte de vertige froid. Il ne prend fin que lorsque je vois toute la toile vibrer et que j'entends bourdonner plusieurs insectes qui battent désespérément des ailes pour s'en désengluer.

Alors, une joie sauvage emplit mon cœur, et je me réveille. Un nouveau jour va bientôt se lever.

Pleine d'une énergie venue je ne sais d'où, je décide de rattraper mon erreur sans tarder, en défaisant aussitôt les derniers rangs. Mais j'ai peur de ne pas y arriver à temps, avant que les autres ne se réveillent. Alors je prends un risque : je glisse une petite lame à la hauteur de la foule ratée, pour trancher et tirer le fil de trame, bribe à bribe. Après avoir tout effilé, et réparé mon erreur, je vois le piètre résultat de tant d'efforts : toute une journée de travail n'aura produit que deux rangs de mieux. Et pourtant, incompréhensiblement, le résultat me ravit.

Je pensais que défaire le travail de toute une journée engourdirait mes bras, crisperait ma nuque, raidirait encore mon dos. Mais c'est l'inverse qui se passe. Chaque brin tiré, chaque rang ôté me soulève comme une vague qui me porte vers toi. Brisant l'aller et retour sans fin de ma pensée accoutumée à revenir sans cesse sur ses propres traces, la lame appuyée sur le fil tendu a déclenché une infime vibration, résonnant en moi et ouvrant une autre voie, aussi blanche que le sillon fendu par l'étrave dans la mer sombre. Avec le simple geste, sourd et net, de fendre la toile, une brèche s'est ouverte dans le temps.

Sentant mon cœur battre violemment, j'emploie pour le calmer les mots que tu emploies parfois : *Patience, mon cœur! Ne t'affole pas.* Mais je ne sais que lui dire d'autre. J'ai simplement corrigé une erreur. Pourtant, il me semble que tout va s'en trouver bouleversé. Désormais, il me faudra inventer l'avenir, heure après heure, jour après jour, si Télem et moi devons survivre. La grande, la seule leçon que j'ai tirée de mon enfance, c'est la valeur de l'endurance, et je l'ai longuement exploitée. Le temps de l'endurance n'est pas terminé, et mon fils devra mûrir. Sans trouver en lui un allié, il sera impossible d'entrer en résistance.

Éri

Parfois, les oiseaux s'envolent à tire d'aile, les bêtes détalent ventre à terre et les hommes n'entendent que des bruissements et des craquements avant de comprendre que le feu approche.

D'autres fois, les chevaux hennissent et partent au galop, et les chiens filent à travers champs avant même qu'un long frisson ne parcoure la terre et qu'une houle souterraine n'ébranle le sol sous les pieds des hommes.

J'ai déjà vécu de telles choses, j'ai survécu à un incendie et à un tremblement de terre. Mais aujourd'hui, sans trop savoir pourquoi, j'appréhende de voir survenir des bouleversements plus graves. Je crois confusément en percevoir des signes avant-coureurs, même si j'aurais peine à les cerner. Là, c'est un regard trop vite détourné ; ailleurs, c'est un rire étouffé. Sous le calme qui régnait dans cette maison, autre chose couve : une impatience fiévreuse qui monte irrésistiblement. De tout cela, ne sent-elle rien ? N'entend-elle rien ? Ne voit-elle rien ?

Quand l'enfant était petit, elle ne le quittait pas des yeux. Il emplissait son regard. Depuis que l'enfant a grandi, tout a changé. Quand elle voit ou regarde Télem, son regard s'éclaire encore. S'il n'est pas là, elle voit encore les choses ou les gens, mais elle ne les regarde plus. Quant aux intrus, elle peut les laisser entrer dans son regard, ou les ignorer, comme s'ils étaient absolument transparents.

D'ailleurs, je crois qu'ils le sont pour elle. Elle peut éteindre à volonté ses yeux, et opposer au monde une opacité minérale, son regard tourné vers l'intérieur.

Si j'entre dans la chambre pour lui apporter une coupe d'eau, elle tourne la tête lentement vers moi, et je la sens revenir de loin avant qu'elle ne sourie pour me remercier. L'après-midi, elle va s'isoler, et il est rare qu'elle dorme. Elle reste tout éveillée. Silencieuse et pensive. Parfois, à un froncement de sourcils, une moue dubitative, un léger haussement d'épaules, je sens qu'elle poursuit des pensées. Dans ces moments-là, je m'esquive sans bruit, car je comprends qu'elle pèse des choses et qu'il ne faut pas la troubler dans ses réflexions.

– Ne la dérangez pas, elle dort, elle se repose.

Voilà ce que je dis aux femmes. Et les femmes le répètent aux intrus, et ils le croient. Ils ignorent à qui ils ont affaire. Ils ont grandi ici, ou dans les îles des environs, et ils sont jeunes. Comme ils l'ont toujours connue, ils la prennent pour une femme telle que leur mère, ou leurs sœurs. Mais elle n'est pas d'ici. Elle est venue de loin. Quand elle est arrivée chez nous, elle était encore farouche. Au fil des mois et des années, je l'ai crue changée : apprivoisée par l'amour, et même domptée par la maternité. Je me trompais. Moi qui la connais depuis qu'elle est venue, qui l'ai vue vivre parmi nous jour après jour, je ne savais pas à qui j'avais affaire. Et ces pauvres idiots, débarqués ici depuis des mois et des mois, ne comprennent rien à cette femme. Ils ne soupçonnent pas quelles idées elle brasse. Moi non plus, je ne sais pas lesquelles. Mais parfois je voudrais lui souffler : maîtresse, je sais que tu as des choses en tête. Ne m'en dis rien, jusqu'au dernier moment. Je sais me taire. Mais la violence couve dans cette maison. Et si les intrus en viennent à m'interroger et me malmener, qui sait de quoi serait capable une vieille femme ? Tant que je ne saurai rien, je ne risquerai pas de te trahir.

En fait, à chaque fois que j'ose entrer dans la chambre et approcher du lit pour lui apporter un peu d'eau ou un fruit, je la trouve de plus en plus loin. Qu'elle soit allongée, les yeux grands ouverts, ou qu'elle soit assise, les yeux clos, elle arpente un autre espace. Sa pensée erre-t-elle sur la mer immense, à la recherche de l'absent ? Suit-elle simplement les méandres d'un rêve ? Ou délaissant les allées ensoleillées du souvenir, explore-t-elle des pistes ouvrant sur l'avenir incertain ? Où qu'elle aille, je ne peux la suivre, elle ne le désire pas. Comme nous le faisons tous, ici, je ne peux qu'attendre. J'attends, tant qu'elle médite. Et ce qu'elle médite me fait peur. Elle reste sur le lit, les yeux grands ouverts, absente au monde. Si elle ne poursuit pas un rêve tourné vers le passé, elle trame quelque chose. Et j'espère que dans l'avenir qu'elle trame, elle les empêtrera.

La maîtresse

En me voyant tout entière occupée à élever mon enfant, Éri a-t-elle cru qu'il me permettrait d'oublier son père ? Oublier n'est pas si facile. C'est un privilège qui n'est pas accordé à tous. Et comment l'oublierais-je, quand notre fils a ses yeux, ses cheveux, sa bouche, ses mains ?

Face à l'absence, moi, je ne pouvais pas me laisser chavirer dans la mort, comme ma belle-mère ; moi, je ne pouvais pas me laisser sombrer dans le désespoir, comme mon beau-père ; moi, je ne pouvais pas abandonner mon enfant. J'ai décidé que mes jours seraient à lui. Mes nuits, hélas, ne seraient qu'à moi.

Je dis : *mes nuits*, mais en un sens, c'est faux. Il n'y a plus qu'une nuit, obscure et immense, où je rentre tous les soirs, à l'heure où je rejoins ma couche. Quand mon fils était enfant, je restais longuement allongée dans le noir. Puis je me relevais sans bruit, et du seuil de sa chambre, j'allais écouter son souffle, paisible et régulier. Rassurée par son calme, je revenais m'allonger, et si j'avais de la chance, je trouvais le sommeil. Tant que les jours furent rythmés par ses jeux d'enfant, où il voulait tellement marcher, courir, nager qu'ensuite je devais le porter dans mes bras, mes nuits furent faciles. Le sommeil était un radeau où je m'affalais et qui dérivait sur des eaux que rien n'agitait, jusqu'au matin.

Ensuite sont venus les rêves. Là encore, dire : *les rêves*, en un sens, c'est faux. Non, il n'y avait qu'un rêve, qui effaçait tous les autres, si tant est qu'il y en eût. J'avance dans un labyrinthe au sein d'une lumière trouble. Et soudain, je sens que la lumière devient glauque : je suis toujours dans le labyrinthe, mais je ne marche plus, car il a été envahi d'eau douce, et je suis entre deux eaux. Je me sens glisser sans effort, sans manquer d'air; je flotte, puis je vois une chose qui m'arrête : devant mes yeux, il y a un petit cocon translucide, et dans ce cocon, une araignée d'eau, à l'abri de la bulle d'air qu'elle a amassée au fond de la rivière. Puis je sens mes pieds effleurer des galets, et bien que je reconnaisse l'eau pure et le lit de galets de notre rivière, l'angoisse me serre la gorge, je sens que bientôt je manquerai d'air. D'un coup de talon, je remonte et je crève la surface de l'eau. Le rêve s'arrête là. Je me réveille haletante, la nuque et les mains moites de sueur.

Le rêve me hante depuis des mois. Il trouble mon sommeil et mes heures de veille. Il me réveille souvent dans la nuit et, même quand je parviens à me rendormir, le jour prend la même nuance indécise que lui. Les plus simples des choses – une bassine, des sandales, un couteau – semblent perdre leurs contours, et par moments je crains d'avancer la main et de ne pouvoir les toucher ou les empoigner. Comme si elles n'étaient plus que des simulacres sans relief. Comme si le rêve étendait son emprise sur le monde, sur ma vie, sur mon esprit.

Il me semble qu'à travers lui, une question m'est posée et reposée sans fin. Mais par quoi? Ou par qui?

À moins que le rêve ne soit une réponse. Mais à quelle question? Tel un esclave à la langue coupée, au parler incompréhensible, guttural, presque animal, le rêve cherche à me dire une chose, mais je ne sais pas quoi.

Éri

Quand la maîtresse est éveillée, je ne la vois jamais pleurer. Quand elle est couchée, je l'entends se retourner dans son lit, mais je ne l'entends jamais pleurer. Quand je la coiffe, et que j'en arrive au fard, elle ferme les paupières, qui se gonflent de larmes qu'elle retient. Mais une fois qu'elle est endormie, je l'entends parfois haleter. Sans doute fait-elle des rêves ou des cauchemars. Et tous les cris étouffés, tous les sanglots ravalés lui échappent, en sourds gémissements.

La maîtresse

La dernière fois, le rêve m'a encore à demi réveillée, et je me suis penchée du lit, balayant de la main le sol où je laisse une coupe d'eau avant de me coucher. Mais j'étais encore sous le coup de l'énigme absurde et insistante qu'il revient régulièrement me poser. Ma main a heurté la coupe, qui a oscillé sur place, me trempant le bout des doigts avant que je ne la rattrape. J'ai bu un peu d'eau, et en un instant, j'ai eu l'impression d'être à nouveau ailleurs, au bord de la rivière, le jour où j'avais senti tout mon être basculer de l'impatience de l'attente à l'angoisse du désespoir.

Pourtant, que s'était-il passé ce jour-là, ou les jours précédents ? Rien de particulier. Et que venait-il d'arriver au bord de la rivière ? Bien peu de chose.

Le soir approchait lentement ; j'étais sur un rocher encore brûlant, alors que le soleil tiédissait ; la rivière était calme, l'eau ne semblait même pas s'écouler, le saule pleureur s'y réfléchissait parfaitement, le monde était merveilleusement paisible, et le temps, suspendu. Comme si l'instant suivant, l'heure suivante, la nuit suivante et le jour suivant ne pouvaient plus arriver. J'ai senti un frisson intérieur me parcourir, alors que je retenais mon souffle. Et soudain, j'ai vu l'arbre reflété, parfaitement immobile dans l'air immobile, se froisser sous un vent invisible, impalpable. Sur la rive, pas une feuille, pas une branche du saule ne bougeait. Autour de moi, je ne sentais pas d'air. Pourtant, au ras de la rivière, un souffle de vent effleurait et ridait l'eau, qui plissait, froissait et déformait l'image de l'arbre, ployant et cassant les branches, brassant et brouillant les feuilles, faisant ricocher la lumière sur leur reflet qui se disloquait, s'éparpillait sur les risées de l'eau.

La lumière palpitait, comme si tout l'espace frémissait. Alors, en écho de ce fractionnement infime, le monde entier parut tressaillir. L'air même, que nul ne peut voir, mais qui pourtant maintient les choses en place autour de nous, aspiré je ne sais où, se retira loin de la terre qui m'environnait, du soleil qui faiblissait. Il me sembla que la roche polie par la rivière depuis qu'elle coule, ce galet rose géant où j'étais couchée, allait être entraînée par le courant, avant que le courant même ne soit aspiré vers le ciel vide. Tout se mit à vibrer, comme si les couleurs se brouillaient, les éléments se fondaient, les choses se mêlaient. Le monde allait se déliter autour de moi. L'angoisse du désespoir m'a serré la gorge et voilé les yeux. J'ai cru sentir mon esprit chavirer sans raison. D'un bond, je me suis relevée et je me suis empressée de rentrer à la maison.

Et là, dans le lit, dans la nuit, tout me revient : la même angoisse m'étrangle. Pantelante d'effroi, j'écarquille les yeux dans le noir, en cherchant à comprendre. C'est comme si la nature me parlait, comme si l'eau et le vent me montraient encore tout ce que je fuis ; tout ce que je fuis en me détournant de la mer, à chaque fois qu'après avoir fermement planté mes talons dans le sable, je sens le ressac l'aspirer quand même sous mes pieds. Comme si la terre ferme vibrait à nouveau sous moi, soulevée par une houle irrésistible.

Une chose m'apparaît : c'en est fini du monde stable, ordonné autour de toi. Tu étais le centre de cet univers, tout partait de toi, tout convergeait vers toi. Pendant un temps, pour moi, l'enfant avait tenu ta place, et tout ce que je faisais pour lui m'avait soutenue. Mais à présent, l'enfant n'en est plus un, il est en passe de devenir un homme, et je ne peux plus le protéger – il doit se défendre lui-même.

Dans la nuit, je vois mieux que dans le jour, où la clarté m'éblouit, où les pierres sont pesantes et les maisons solides sur leurs assises. Dans la nuit, j'entends craquer les poutres et les planchers. La maison vit et respire ; parfois elle grince, elle halète, semblant se rebeller contre on ne sait quelle emprise. Il suffit d'aller dans la montagne pour voir que la moindre graine de figuier, portée par un oiseau ou par le vent, peut venir se loger dans le plus petit interstice des pierres maçonnées et en poussant irrésistiblement, les disjoindre jusqu'à faire crouler tout un mur négligé, toute une maison abandonnée. Partout, la mort est à l'œuvre. La vie ne se sauvegarde pas sans peine.

Je le pressens : il sera ardu de maintenir l'équilibre fragile et factice où nous vivions jusqu'ici. En suivant le cheminement de mes mains, et le rythme de mes mouvements ordonnés, en allant et revenant sans cesse sur le métier, ma pensée s'est gauchie, elle s'est pliée à suivre la même piste circulaire. Je me suis tenue dans un présent qui me semblait salutaire, avec ses tâches simples et ses joies rassurantes. Mais ce présent s'amenuise désormais, car la menace grandit.

Éri

« Vois-tu, Eumos, tant que je la sentais portée par la certitude que le maître reviendrait, elle me semblait hors d'atteinte de la malveillance. Je la voyais réfugiée dans la confiance, dans l'innocence, comme cantonnée dans l'enfance de son fils. Et puis, peu à peu, j'ai eu l'impression qu'en fait, elle était là, comme une chèvre au piquet. Et à présent, elle n'en peut plus. Elle se refuse à subir davantage, son fils blotti contre elle, comme le font les brebis qui, dans un enclos fermé ou dans un champ ouvert, se serrent stupidement l'une contre l'autre quand tombe la neige, et finissent par mourir de froid, si épaisse que soit leur toison. Tu me le dis souvent : les chèvres sont plus malines que les brebis. Quand elles ne sont pas à l'attache, les chèvres réagissent différemment : elles tournent tout autour de l'enclos, elles finissent par tasser la neige sous leurs sabots et elles survivent au froid.

J'ignore comment elle compte s'y prendre. Mais je le jurerais : les pensées qui la travaillent ne peuvent plus se satisfaire de rester sur place, apeurées, jusqu'à en périr, transies. »

La maîtresse

Dans la nuit, je le comprends : il importe avant tout de voir plus loin que le présent, de débusquer tous les pièges tapis dans l'avenir. En affrontant tout ce que l'avenir informe peut receler d'écueils, mes pensées ne tournent plus en rond, piétinant et ressassant sans fin, sans fruit. Elles commencent à approcher l'essentiel.

Pourtant, à l'instant même où je me dis cela, je ne sais en quoi consiste l'essentiel. Il reste intangible, sans autre substance que le terrible sentiment d'urgence qui m'étreint. Il stagne comme une menace flottante, depuis que la maison est envahie, jour après jour, de tant d'intrus. Et par à-coups, ce sentiment irrépressible me soulève et m'empoigne. Alors je dois me faire violence pour me retenir, ne pas frapper l'air de mes poings, ne pas crier dans le vide.

Hors de ces sursauts, je vis alternativement un rêve ou un cauchemar. Autour de moi, tout me presse d'agir, jusqu'à l'air où je baigne, qui fluctue d'heure en heure, en brusques revirements, en vagues imprévues, où chaque senteur s'éveille à son tour pour terrasser la précédente. Mais je ne peux agir, clouée au sol par un midi inexorable qui me prive d'ombre, la ramassant sous moi et la faisant rentrer sous terre. Sauf quand je vais au bord de la mer avec Télem vers la fin de l'après-midi, sous un soleil moins torride. Alors, une ombre nous suit, et il me semble qu'elle est triple : je ne me retourne pas, mais je sais qui est le troisième qui marche derrière nous pour nous protéger. Pourtant, quand nous revenons au soir, l'ombre qui nous précède est juste double, et à chaque fois, la même tristesse m'étreint. Car ton absence projette en mon cœur une ombre, une ombre bien plus longue que ne le ferait ton corps, si tu étais là, parmi nous. Une ombre si immense qu'elle m'emplit de nuit.

Avant que tu ne partes, le temps était dense, parfaitement rempli, même aux heures de sieste, de désœuvrement ou de paresse. Une bonne nuit de sommeil délassait d'une saine fatigue. Désormais, le temps ne s'écoule plus en fluées lisses et unies, en nappes planes et régulières. Comme la mer qui fatigue l'œil quand elle s'étend à l'infini, vibrante de lumière, martelée par le soleil et le vent, le temps est froissé, haché, cahoteux. Hérissé de crêtes et d'aspérités, jonché d'épaves brisées par le ressac des souvenirs aux arêtes coupantes, dans l'afflux de réminiscences involontaires. Dans ce temps informe, mouvant et traître, je le sens, je risque de trébucher souvent.

Exactement comme à la nuit, à l'instant où je crois glisser enfin dans le sommeil, avant même de me voir marcher en rêve entre les murs chaulés d'une rue encaissée de village, je rate une des larges marches peu hautes et je tressaille, et mon sursaut me réveille.

À force de tourner et retourner de vagues ébauches d'idées, et de m'impatienter, et de trembler intérieurement, je finis par me demander : qu'est-ce que j'attends pour agir et dévier le cours des choses ? Qu'est-ce que j'attends encore ?

Et toi, Éri, crois-tu que je puisse me contenter d'attendre ? Non que je doute qu'il veuille revenir. Mais tant de choses, d'hommes, de femmes, de tempêtes, d'écueils, de dangers peuvent le retenir ! Je ne peux pas le faire revenir.

Je ne suis pas maîtresse du temps de son retour. Mais je peux tâcher d'aménager l'espace de son retour. Pour moi, n'est-il pas temps de sortir du cocon ? Et je comprends enfin. Je n'attends plus que moi-même. En arrivant dans ce pays, en y devenant femme, et puis mère, j'ai délaissé celle que j'étais auparavant chez moi. Il est peut-être temps de me retrouver. En débarquant sur ton île, j'ai dû me plier à ses mœurs. Mais toi qui m'y as amenée, tu le sais bien : en mon for intérieur, je suis restée la même fille farouche.

Tant que l'enfant est resté au centre de mes pensées, j'ai vécu dans le présent perpétuel de l'enfance où chaque jour semble infini et infiniment ouvert ; dans ces jours et ces années que tu avais balisés par avance en me laissant ce que Télem, petit, appelait son trésor.

Tu lui avais donné un hochet d'olivier jaune, longuement poli, pour qu'il y fasse ses premières dents. Et la veille de ton départ, tu m'avais conduite dans le cellier pour me montrer d'autres choses faites de tes mains, pour ton petit garçon, et rangées dans des niches : une toupie, un sifflet, un roseau tors et évidé, une petite fronde, une petite flûte, un petit arc, un sac de peau plein de billes et d'osselets ; et, seul, dans une niche à part, plus haute que les autres, un petit cheval. *Montre-lui, déplie-lui, ouvre-lui le monde,* m'avais-tu dit en les prenant. *Donne-lui ceci quand il aura trois ans, cela quand il en aura quatre… Quand il aura cinq ans, emmène-le à la rivière, et montre-lui qu'il peut respirer sous l'eau avec le roseau creux. Après, donne-lui le petit cheval, mais ne le laisse jamais jouer avec tout seul, sans toi ou sans Éri.*

J'ai tâché de faire ce que tu désirais. Montrer les choses à mon enfant plutôt que les lui apprendre. Lui laisser l'espace et le temps de les comprendre par lui-même.

Et puis, un beau jour, en jouant avec son petit cheval, qu'Éri et moi avions toujours attrapé par le col, avec nos mains d'adultes, Télem a senti un tout petit creux sous le ventre. Il l'a montré à Éri, qui m'a appelée. Je suis arrivée en courant, me demandant ce qu'il se passait. En le faisant glisser, Télem avait ouvert le ventre du petit cheval, et trouvé de tout petits personnages, que tu y avais cachés. Ce jour-là, j'ai su que toi et moi ne nous étions pas trompés, et que l'enfant avait bien grandi, malgré ton absence.

Une fois toi parti, le temps s'était émietté en désirs et en joies d'enfant, intenses et vite rassasiés, vite oubliés. Chaque jour en apportait de nouveaux. Avec de nouvelles questions, de nouvelles découvertes. Pour une bonne part, les jouets y avaient pourvu. Mais le temps des jeux est terminé, voici le temps des armes. Ton fils n'a pas d'arme à sa main. Et quelle arme pourrait avoir ta femme ?

Éri

« Tu sais, Eumos, je n'aime pas remonter de la plage dans le soir tombant. Je l'évite, même. À chaque fois que j'approche de la maison par le sentier, je la vois telle qu'a dû l'entrevoir la maîtresse, la nuit où le maître l'a amenée pour la première fois.

Je les précédais pour éclairer le chemin, et elle regardait où elle posait les pieds pour avancer. Puis elle a relevé la tête, et j'ai vu les lueurs des flambeaux danser dans ses yeux. Derrière le haut portail s'ouvrant dans le mur d'enceinte, la cour dallée paraissait claire, mais la maison se dressait massive et vaste, trouée d'obscurité, dans la nuit. Et mon cœur s'était serré, en songeant qu'elle allait y entrer comme j'y étais entrée moi-même, tant d'années auparavant : comme une captive. Amenée là par amour ou par désir, elle affronterait la même femme, la vieille maîtresse. Et surtout, le même espace. Quand, à peine nubile, j'avais pour la première fois franchi le vestibule, j'avais été éblouie par la vaste salle aux colonnes claires, et aux murs chaulés tranchant sur les sombres poteaux de bois poli. J'ignorais alors que, de part et d'autre de la salle, se trouvaient la chambre du maître et la salle des armes. Mais je savais déjà que derrière la salle, passé un seuil invisible qu'aucun homme ne franchirait en temps normal, m'attendait la partie la plus reculée de la maison. Là dorment et travaillent les femmes. Chez nous, l'espace des hommes est distinct de l'espace des femmes. Sans doute en est-il de même partout ailleurs, puisque les travaux des hommes se font dehors, qu'ils se consacrent à la terre, à la pêche ou au commerce, alors que ceux des femmes se font par nécessité à l'abri.

Comment aurais-je imaginé qu'un jour, la maison censée accueillir et protéger la nouvelle venue ne serait plus pour elle qu'une prison pleine de dangers ?

À commencer par les corridors sombres et les recoins obscurs, dont on recherche la fraîcheur aux grosses chaleurs, et qu'on traverse vite en hiver. Désormais, en toute saison, elle les évite, de crainte qu'un des intrus n'ose l'y guetter. Elle aimait se lever fort tôt pour aller se baigner à la rivière ; à présent, elle se l'interdit, et je l'accompagne toujours à la chambre de bain. Le lendemain du jour où l'un d'eux a failli la violer à la rivière, la maîtresse a même abandonné la chambre et le lit où l'a couchée le maître pour un lit étroit à l'étage du quartier des femmes. Moi, je veille à ce qu'aucune allée et venue furtive de fille séduite ne trouble son sommeil. De l'ouverture surplombant la grande salle, dont le moindre bruit résonne, elle s'assure que personne ne se trouve en bas avant d'y descendre. Tous les soirs, et jusqu'à une heure avancée de la nuit, la salle aux hautes poutres maintenant aussi noircies de suie que la taverne la plus enfumée retentit des rires et des exclamations des intrus, dont l'écho vibre entre nos murs.

En somme, elle s'est réfugiée parmi les servantes, dans la partie la plus intime de la maison dont elle est encore la maîtresse. Dis-moi, Eumos : combien de nuits peut-elle encore espérer le rester, si le maître ne revient pas ? »

La maîtresse

Comme n'importe quel enfant, Télem adorait ses jouets. Quand nous allions à la rivière, encore petit, il prenait le roseau évidé et tordu, il le serrait entre ses lèvres et il se laissait recouvrir par l'eau. Je nageais à côté de lui. L'eau est si pure qu'il ouvrait les paupières et me regardait avec de grands yeux émerveillés, jusqu'au moment où, près d'éclater de rire dans l'eau, il en rejaillissait comme un chiot. Il aimait sa toupie, ses billes, sa fronde. Mais plus que tout, il aimait son arc. Il allait voir Eumos et se faisait tailler des flèches, de plus en plus solides. Et puis, forcément, un jour, l'arc s'est avéré trop petit entre ses mains. Eumos a essayé de lui en faire un autre, assez grossier, qui n'a pas tenu très longtemps. À présent, Télem a grandi, il est musclé, et même un peu plus grand que toi. C'est là ce qu'il tient de moi. Et il ne rêve que de manier ton arc. *Quand bien même cette guerre durerait dix ans, je reviendrai pour lui tailler un autre arc, à sa main,* m'avais-tu pourtant dit en me remettant le premier.

Mais tu n'es pas revenu, tu ne reviens pas, et entre le petit arc de son enfance et ton arc immense, il n'y a pas de commune mesure. Et vois-tu, tout est là : notre fils est aux prises avec un père si lointain que sa stature immense risque de l'écraser. Pour tendre l'arc, il faut plus que de la force. Il faut du calme. Et comment serait-il calme, quand rien ne le rassure ? Pour savoir viser, il faut de la concentration. Et que pourrait-il viser, quand tout le menace ?

Tu m'as donné un fils, et ce fils suffit à emplir ma vie. Je n'ai pas besoin d'autre enfant. Je n'ai pas besoin d'un autre homme que toi. Mais si tu n'as pas été là pour voir grandir ton fils, reviendras-tu au moins pour empêcher qu'on me le tue ? Même si tu as manqué le jour de ton retour, ne peux-tu en inventer un autre ?

Sais-tu combien de jours j'ai inventés depuis ton départ ? Il m'a été facile d'inventer des jours de découvertes, de plaisirs et de joies sereines pour ton fils, dans le prolongement du monde dressé par toi, où les heures s'enchaînaient tout naturellement. Mais nous sommes à présent hors de l'ordre naturel des choses. Et le voici rongé, ce monde, par le doute et la peur. Je vois devant mes yeux le soleil tourner lentement dans son ciel éclatant, qui commence à pâlir, alors que des ombres jusqu'alors insoupçonnées avancent, gagnent et menacent de tout envahir. Où trouverai-je de nouveaux jours ?

Éri

Un jour, nous sommes descendues ensemble chercher Télem. Nous l'avons appelé ; après avoir longuement écouté deux garçons plus grands que lui, il est revenu en courant.

– Éri, m'a-t-il dit, tu as déjà vu un poisson-renard ? Il paraît que quand on l'attrape, il peut se retourner complètement pour s'échapper.

– Mon fils, lui a dit sa mère sans pouvoir s'empêcher de sourire, sur les choses de la mer, je me fie à ton père. Il m'a dit qu'il n'avait jamais vu de poisson-renard, que c'est une légende. Mais viens, je vais te montrer autre chose, une chose que m'a montrée ton père.

Il faisait très beau, mais la veille, il y avait eu une grosse tempête, qui avait laissé trois grandes flaques au creux des rochers. Dans la première, nageait un petit poisson. Dans la deuxième, il y avait un poisson plus gros, trop gros pour la flaque, exténué. Télem a regardé la troisième flaque.

– Là, il n'y a rien, que des algues.

– Regarde mieux.

– Mais je ne vois rien, a-t-il répété, en tapant du pied.

– Je ne te demande pas de voir, mais de regarder.

– Ta mère a raison, Télem. La plupart des gens peuvent voir, mais rares sont ceux qui savent regarder.

Elle a attrapé le gros poisson par la queue, et elle l'a jeté dans la troisième flaque. Télem a vu le rocher bondir, l'eau noircir, et le poisson être happé. Il est resté bouche bée.

– C'est quoi ? a-t-il demandé. Un rocher vivant ?

– Il n'existe pas de rocher vivant. Il existe des sables mouvants, qui peuvent engloutir un homme. Mais il n'y a pas de rocher vivant. Télem, tu sais que la mer cache bien des dangers, comme les oursins, sur lesquels tu ne dois jamais marcher. Te souviens-tu pourquoi ?

– Parce que leurs piquants se cassent sous la peau, et font boiter pour toujours.

– Pour nous autres, pour les enfants comme pour les grands, les oursins sont un des dangers de la mer. Mais vois-tu, les bêtes qui vivent dans la mer doivent aussi se défendre contre ses dangers. Si le gros poisson l'avait pu, il aurait mangé celui qui l'a attrapé et dévoré. C'est pourquoi l'autre doit se montrer malin. Et se montrer malin dans la mer, c'est ne pas se montrer. L'autre, que tu n'avais pas vu, sait se cacher, même dans l'eau transparente : il change de couleur, il se fait rocher. Et quand il doit se défendre, il crache son encre pour aveugler son ennemi, lui échapper ou l'attraper en premier. C'est lui qu'on appelle le poulpe.

– Le poulpe ? Comme mon père ? Il vit dans un rocher ?

– Le poulpe peut se faire passer pour un rocher. Et on ne l'appelle pas le poulpe comme ton père. On appelle ton père le Poulpe comme lui. Parce qu'il est aussi malin que le poulpe. Il sait se défendre, il sait ruser, il sait survivre. Et c'est pourquoi il reviendra.

– Mais quand ?

– Je ne sais pas, mon fils. Il est parti loin, plus loin que là où la mer se confond avec le ciel. Et il lui faudra beaucoup de temps pour revenir. Mais il reviendra, il l'a promis, car il veut te revoir.

Il y a bien longtemps qu'elle lui a assuré cela, et elle le lui a répété bien des fois. Et un jour, il a cessé de demander : mais quand? Car les promesses finissent par s'user, si elles ne se réalisent pas.

Une autre fois, Télem était rentré, tout fier d'avoir eu le cran de laver la plaie d'un garçon plus grand que lui, qui s'était écorché vilainement. Quelque temps plus tard, en ramassant des coquillages, entre sa mère et moi, il s'était coupé sur les rochers. Il avait brusquement pâli.

– Le sang des autres ne me fait pas peur, avait-il dit, mais je n'aime pas voir couler le mien.

– Si tu te blesses ou si tu te bats, lui a dit sa mère, ne compte sur personne d'autre pour étancher ton sang.

– Le mieux est encore d'éviter de le verser, j'ai ajouté, car je trouvais sa mère bien dure.

Télem a grandi, mais je sens bien que sa mère garde au cœur l'inquiétude qu'il ne soit resté cet enfant-là.

En repensant à l'histoire du poulpe, je me rends compte qu'à compter de ce jour-là, Télem n'a plus jamais parlé de créatures prodigieuses, ni d'aventures palpitantes, comme celles que son père inventait constamment, quand il était lui-même enfant. D'ailleurs, a-t-il jamais cessé d'en inventer? Télem, qui lui ressemble tant, diffère de lui là-dessus. Sait-il seulement que, pour lui, le fait de survivre parmi les monstres qui nous entourent est une prouesse?

ÉRI / LA MAÎTRESSE

« Trois jours durant, la mer avait été mauvaise. Ce matin, elle était calme, sous un ciel encore un peu chargé. Alors je suis sortie pour t'apporter du pain, Eumos. Des pêcheurs sont remontés de la plage pour venir me chercher. Entre les rochers, ils avaient vu flotter un corps, et ils avaient tiré le noyé hors de l'eau. Il reposait sur le sable, à plat ventre. Je leur ai dit de le retourner. Sous le sable collé, son visage gonflé et tuméfié ressemblait à un masque. Sa stature aurait pu être celle du maître, mais ce n'était pas lui.

– Va chercher la maîtresse, ai-je dit à un des gamins qui traînaient là. »

Un gamin hors d'haleine est arrivé en courant, il m'a dit qu'Éri voulait que je descende jusqu'à la mer. Je me suis sentie glacée de la tête aux pieds, j'ai suivi le gamin reparti aussitôt par le sentier le plus raide et le plus rapide, et tout en descendant, je voyais les gens en contrebas, groupés autour de je ne savais quoi.

« Entre-temps, flairant l'odeur de la mort, d'autres gens étaient accourus. Entourant le noyé, cherchant à le reconnaître, ils l'ont entendue arriver. »

En m'entendant approcher, ils se sont retournés et j'ai avancé, tous leurs regards fixés sur moi, à l'exception de celui d'Éri, qui fixait un noyé, étendu à ses pieds. Soudain, à travers une trouée, le soleil a jeté comme une flaque de lumière sur le corps de l'homme : au même instant, Éri a relevé les yeux et nos regards se sont croisés.

« Avant qu'elle n'arrive, j'avais ôté mon voile et je l'avais posé sur son corps, pour masquer son visage, son torse et son sexe. »

Le visage, le torse et le sexe du noyé étaient couverts d'une écharpe – ou plutôt, du voile qu'avait Éri le matin même, en partant porter du pain à Eumos.

« Ses mains et ses pieds étaient écorchés, comme s'il s'était agrippé aux rochers pour tenter de survivre. »

Il avait les paumes des mains écorchées, les genoux et les pieds déchirés comme s'il avait tenté de s'agripper à un rocher.

« Mais ses cuisses musclées étaient intactes et lisses. »

Mais ses cuisses musclées étaient intactes et lisses.

« Je l'ai vue souffler, mais au même instant, j'ai vu aussi que tous ceux qui l'entouraient ne regardaient plus qu'elle. »

En reprenant mon souffle, j'ai pris conscience de tous les yeux braqués sur moi, débordant de la curiosité avide de ceux qui guettent le malheur d'autrui. Avec une joie mauvaise, ils attendaient le mien – même si le mien risquait d'entraîner le leur.

« Je l'ai regardée, elle a hoché la tête. »

Éri m'a interrogée du regard, j'ai hoché la tête et je me suis détournée. Devant mon indifférence, tous les autres ont changé de visage. Ils ont repris figure humaine.

« J'ai dit à deux hommes d'aller enterrer le noyé, et j'ai rejoint la maîtresse pour regagner la maison. »

Éri sait faire beaucoup de choses. Mais il en est une qu'elle fait mieux que personne : se taire.

« Que pouvais-je lui dire ? »

Et là, je lui suis reconnaissante de son silence. Elle a vu comme moi les visages et les regards de ceux qui guettaient ma réaction, et leur gêne devant ma froideur. Elle en est sûrement bouleversée, mais elle n'essaiera même pas de les excuser, sachant que c'est impossible.

« Pour une fois qu'ils accourent, les gens des alentours se révèlent pire que des bêtes, prêts à mordre la main qui les nourrit et les défend. »

Ces gens, dont j'ai jusqu'ici préservé de mon mieux le monde, sont prêts à me trahir. Tous les efforts d'une femme, toute l'innocence d'un fils bientôt en âge de remplacer son père, ils les sacrifieraient au premier venu qui oserait me violer et tuer mon enfant.

« Ils accourent ventre à terre, appâtés par l'odeur de la mort, comme s'ils ignoraient quel désordre, quelle violence déchaînerait la mort du maître. »

Croient-ils pouvoir survivre si l'ordre de nos vies est détruit ? Ne mesurent-ils pas tout ce que la paix leur a apporté ?

« Ils ont prospéré comme la mousse fraîche, épaisse et verte à l'ombre d'un chêne, mais ils verraient avec plaisir le chêne foudroyé et abattu. Se figurent-ils que la maîtresse se desséchera sur pied, dans cette attente sans fin ? Décidément, ils ne la connaissent pas. Ils la prennent pour une femme comme les leurs. Mais elle n'est pas de l'espèce de la mousse paresseuse, qui se nourrit grassement et dépérit au premier froid. Cette île et son maître sont le roc auquel elle s'est attachée, avec la ténacité du lichen. On ne sait d'où vient le lichen quand il apparaît sur des rochers, des troncs ou des branches d'arbre, et même sur des blocs de lave refroidie. Mais une fois qu'il s'y est fixé, il y reste et s'y développe, comme s'il ignorait toute frontière. Il ressemble à une dartre, un cal, un parasite, et la sécheresse semble le faire mourir. Pourtant, à la première rosée, à la première pluie légère, il revit, attirant à nouveau les papillons et les phalènes. »

Par moments, la nuit surtout, je perds courage. Je sens combien je m'étiole en ton absence. Mais je ne me laisserai pas mourir, je resterai sur ton île, et je la garderai de toutes mes forces, tant que tu ne seras pas revenu.

« – Maîtresse, je vais apporter de l'eau, si tu veux boire ou te rafraîchir avant de t'étendre. »

Et je mesure soudain combien j'ai soif, combien je veux me rafraîchir, combien je veux m'étendre, combien je voudrais dormir, moi qui m'efforce de me passer de sieste pour préserver mes nuits.

Elle m'apporte l'eau qui rafraîchit mes mains, mes bras, ma nuque et mon visage. Elle me tend un linge, je m'essuie. Elle me tend une coupe, je bois. Je m'assois au bord du lit. Alors elle fait une chose que je ne la laisse jamais faire, en temps ordinaire. S'agenouillant vivement, elle m'ôte mes sandales, puis, en se redressant, soulève mes pieds et les pose sur le lit. Je suis le mouvement, j'allonge mes jambes, je ferme les yeux, et je sens sa main sous ma nuque, alors que je me laisse aller contre les coussins.

Pour une fois, je voudrais bien dormir, mais mes pensées dérivent, du noyé à la mer.

– Je l'ai vêtu de mes mains, ne crois-tu pas que je le reconnaîtrai, le jour où il reviendra? avais-je dit à Éri, il y a bien des années.

– Dans trois ans, dans sept ans, dans dix ans, crois-tu que tu reconnaîtras les habits faits de tes mains, s'il revient en loques? Moi, j'espère pouvoir reconnaître le corps que j'ai tiré d'entre les cuisses de sa mère. J'ai crevé moi-même la poche où il était enfermé. C'est un enfant de l'eau, il est né de la mer. Et la mer le portera, elle nous le ramènera. Mais s'il revient nu, crois-tu que tu le reconnaîtras? Et s'il revient estropié? Et s'il revient usé?

Et si elle avait raison? Et si elle avait tort? Et si, chose pire que tout, elle avait à la fois raison et tort? Voilà les questions entre lesquelles je me débats. Et chacune de ces questions en fait lever d'autres.

Et si la mer que je hais me le rendait bien? Si elle le rejetait après l'avoir trop malmené? Si elle me le ramenait, mais mort?

Toutes ces questions tournent et virent dans ma tête.

– C'est un enfant de la mer, il est né coiffé, il survivra toujours, la mer le ramènera.

Éri a beau le dire et le redire. Comme elle, j'aimerais me fier à la mer. Mais quelle captive se fierait à sa prison? Malgré moi, mes pensées dérivent à nouveau de la mer au poulpe. Et je revois le jour où tu m'as appris tout ce que tu en savais.

Tu m'as emmenée par le sentier jusqu'à la plage. Tu as poussé à l'eau un radeau léger, que tu avais assemblé la veille, sur lequel tu m'as fait monter. Tu l'as laissé glisser sur l'eau. Elle était parfaitement calme et limpide. Et puis, arrivé entre de gros rochers, tu as laissé couler deux grosses pierres, enfermées dans une sorte de filet tressé, au bout d'une corde grossière. Le radeau a cessé de bouger. Tu m'as dit de m'allonger à plat ventre, la tête au bord du radeau, et de patienter, sans broncher. Le soleil était déjà haut dans le ciel, mais il ne faisait pas trop chaud. Il n'y avait pas une vague. La mer semblait attendre, elle aussi, comme moi, et sa fraîcheur baignait mon visage. Tu voulais me montrer une chose que je n'avais jamais vue. Il y avait alors peu de temps que j'étais dans ton île. Je t'avais vu donner aux femmes de la maison des poulpes à battre longuement avant de les cuire. Éri m'avait appris à les cuisiner comme tu les aimais. Mais je n'avais jamais vu de poulpe dans son élément. Du doigt, sans rien dire, tu m'en as montré un, flottant tranquillement dans la mer transparente.

– Le poulpe est agile, fuyant, aussi fluide que la mer, m'as-tu soufflé.

– On dirait un fouet vivant.

– Un fouet qu'aucune main ne peut tenir, qui se dérobe à la prise, un fouet sans maître, insaisissable. C'est un nœud de lanières flexibles, à l'intelligence plus souple encore. De ses bras, il saisit, emprisonne, étouffe et brise des proies aussi coriaces que le crabe, aussi voraces que la murène. Regarde bien le rocher rouge. Il y en a un autre, si bien collé au rocher qu'il est difficile de le distinguer. Il ne peut pas se faire transparent dans l'eau, mais il sait se fondre dans son milieu, se confondre avec ce qui l'entoure, prendre la couleur et le grain du rocher. S'il est attaqué par plus gros ou plus fort que lui, il peut y échapper ; il lui suffit de projeter un nuage d'encre, et de disparaître dans sa propre nuit liquide. Il est si rusé et sournois qu'il est difficile de l'attraper. Mais il n'est pas totalement insaisissable, car il a un point faible. Regarde !

D'un sac de cuir que tu avais laissé flotter dans l'eau, tu as tiré un autre poulpe, plus petit, qui s'est aussitôt ventousé à ton avant-bras. Tu l'as arraché en souriant et tu l'as tenu un instant au-dessus de l'eau, avant de le lâcher. Et aussitôt, le gros poulpe a quitté son rocher et s'est collé à lui, de tous ses bras.

– Il a trouvé sa femelle, son désir est plus fort que tout. Voilà sa seule faiblesse, et je vais la retourner contre lui, m'as-tu dit en me voyant ébahie.

Et en glissant dans l'eau, tu les as empoignés tous les deux, et jetés sur le radeau. Ils sont restés soudés l'un à l'autre, et tu les as fourrés ensemble dans le sac de cuir, avant de hisser les pierres qui amarraient le radeau et de nous ramener au bord.

Je sens encore la fraîcheur salée de ce jour unique, et soudain, il me revient une chose que je devais avoir oubliée. Y avait-il eu un autre jour, semblable ? Je te vois, tu tiens le poulpe femelle au-dessus de l'eau d'une main, et de l'autre, tu me désignes la mer transparente, et je vois tout un banc de poulpes. Je tourne la tête vers toi.

– Une femelle pour tant de mâles ? Crois-tu qu'ils puissent s'entre-tuer ? me dis-tu en souriant, avant d'éclater de rire.

« Je me suis assise par terre, sur un coussin, dos au mur. En relevant la tête, je vois qu'elle s'est endormie. Ses paupières palpitent, et elle sourit dans son sommeil. »

Et ton rire me tire du sommeil et du rêve où j'avais glissé sans m'en rendre compte.

Alors je me demande : qui habite mes rêves ? Est-ce toi ? Ou celle que j'aurais été, si je ne t'avais pas rencontré ? Serait-ce elle, qui exige de vivre pour nous sauver et te retrouver ? Elle qui refuse de rester prisonnière de l'île, captive de la mer, piétinant dans le présent ?

Et que veut dire ce rêve ? Il me montre à nouveau la meilleure façon d'attraper le poulpe à coup sûr. Qu'y comprendre ? Toi et moi, nous, avec notre fils et tout notre monde, risquons-nous d'être détruits si je persiste à rester attachée, liée, soudée à toi dans cette étreinte fantôme ? Mais que faire d'autre ? Je ne peux pas, je ne veux pas m'en détacher. Alors je t'entends dire : *C'est le mâle qui s'agrippe à la femelle. Impossible d'attraper tout un banc.* Et une autre voix, peut-être la voix de celle que j'aurais été sans toi, s'allie à la tienne, répétant en écho : *Impossible d'attraper tout un banc.*

« Elle avait juste entrouvert les yeux, sans me voir, puis avait encore glissé dans le sommeil, avec l'air si seule, si triste… Et soudain, elle a marmonné une phrase incompréhensible, et s'est à nouveau réveillée. »

– Il faut les isoler. Piéger chacun dans une étreinte fantôme, répond une troisième voix.

Cette troisième voix, c'est la mienne. J'ai parlé tout haut.

Est-ce moi, ou le rêve qui parle ? Confusément, je sens que le rêve parle à ta place, en reprenant et prolongeant tes gestes et tes paroles, en répondant avec cette voix qui est et n'est pas la mienne aux questions mêmes que je me pose éveillée et que le rêve me repose quand je somnole ou que je dors. Il me dit des choses qu'éveillée, je me refuse encore à penser. Là où ma pensée renâcle à s'engager, pressentant incertitude et danger, le rêve ouvre une passe que je ne pouvais ou ne voulais deviner.

Et là, que comprendre ? Tu me montres une situation insoluble, irréelle, et le rêve y répond par une énigme. Que peut tenter une femelle contre tant de mâles ? Que peut faire une femme contre tant d'hommes ?

– Rien.

Une fois encore, j'ai parlé tout haut. Oui, justement rien. C'est exactement ce qu'il faut faire, et même moins que rien. Freiner le temps, telle est l'arme que je détiens. Pourquoi ne l'ai-je pas compris plus tôt ?

Éri

Eumos m'énerve avec son entêtement. J'ai beau lui soutenir que la maîtresse s'ingénie à résister, je ne peux pas encore lui révéler comment elle s'y prend. Ou plutôt, comment nous nous y prenons, car elle ne pourrait parvenir à ses fins sans mon aide.

Tout en vivant sur l'île depuis longtemps, elle ignorait que chez nous les hommes ne peuvent approcher une femme qui tisse. En l'apprenant, elle a aussitôt saisi quel parti tirer de cet interdit. Dans l'ordre des choses, dresser le métier suffirait à maintenir les intrus à distance tant qu'elle serait à son ouvrage, à moins que l'un d'eux, comme un barbare, ne transgresse l'usage établi et ne franchisse le seuil invisible qui sépare le quartier des hommes de celui des femmes.

La maîtresse est une tisseuse merveilleusement habile. Ses gestes sont réguliers et déliés. Les étoffes qui sortent de ses mains sont d'une souplesse et d'une finesse prodigieuses. Et quand elle chantait encore en travaillant, sa voix me ravissait. Malheureusement, elle était trop habile, et le drap pour le vieux maître s'allongeait donc trop vite. J'y songeais, quand un soir, j'ai fait monter les filles et je suis revenue avec ma torche pour éclairer la maîtresse jusqu'à l'étage.

– D'ici peu, ce drap sera fini, m'a-t-elle soufflé. Une année d'efforts n'aurait donc servi à rien?

Puis elle a ajouté en souriant :

– Peut-être pouvons-nous tenter de faire encore moins que rien ?

Et c'est ce que nous faisons, depuis bientôt trois ans.

Le soir, après avoir fait griller et dévoré les viandes, les intrus prennent leurs aises dans la grande salle, pour boire et parler sans fin. J'envoie les filles débarrasser. Quand elles ont fini, je les conduis se coucher à l'étage. Et je redescends vers la maîtresse qui m'attend dans l'obscurité de la salle des femmes. Avec ma torche, j'en allume une autre. À leur lumière, la maîtresse se remet au métier, une fine lame à la main. Elle tranche le fil entrecroisé et le tire délicatement, brin à brin, sans endommager la chaîne. Moi, je veille à la porte, au cas où l'un des intrus approcherait. De tout le travail accompli dans la journée, la maîtresse ne garde rien, et défait même trois rangs de plus. Quand elle a fini, je ramasse jusqu'au moindre brin de fil que je jette dans le feu mourant. Pendant ce temps, la maîtresse étire ses bras, fait jouer ses doigts crispés par tant de gestes minutieux, et incline doucement la tête de droite et de gauche, d'avant en arrière, avant que je ne masse sa nuque et ses épaules nouées de tension. Puis nous montons nous coucher.

Voilà comment nous parvenons à faire encore moins que rien.

LA MAÎTRESSE

J'ai repensé au jour lointain où tu étais arrivé par chez nous avec toute une bande de jeunes gens de ta génération. Mon oncle avait une fille à marier, et mon père aussi. En voyant ma cousine, tous en sont tombés amoureux, si amoureux qu'ils se seraient entre-tués. Pour éviter cela, tu as proposé à mon oncle un expédient : leur faire jurer à tous de s'unir et de prêter main-forte, en cas de besoin, à celui d'entre eux auquel mon oncle accorderait la main de sa fille. Ton offre les a apaisés. En fait, tu étais sûr qu'ils accepteraient, m'as-tu dit ensuite. Tous pressentaient qu'une telle beauté attiserait toujours le désir d'autres hommes. Et chacun rêvait déjà, s'il était débouté au profit d'un autre, qu'une nouvelle rivalité lui offrirait l'occasion de briller à ses yeux et de la séduire. Mon oncle a dit qu'il se déciderait le surlendemain. Entre-temps, mon père a annoncé qu'il me marierait au plus rapide à la course. Mon oncle était ravi de la solution que tu lui avais suggérée, et plus ravi encore que tu l'emportes sur Ménel. Et toi, qui m'avais déjà vue avant que je ne te voie, tu m'avais déjà choisie. Tu savais que Ménel possédait des terres riches et que sa richesse tournerait la tête de mon oncle et de sa fille. Ce fut l'une de tes plus subtiles ruses. Tu t'es concilié mon oncle et mon père, et tu les as manœuvrés avec tous les autres, et avec Ménel, qui a épousé ma cousine. Par-dessus tout, tu as cru ainsi éviter à jamais la discorde entre ces alliés. Tu sais comment ta ruse s'est retournée, et ce qu'elle aura coûté : une génération d'hommes partie faire la guerre a été décimée, une ville a été consumée, et toi, tu n'es toujours pas revenu. Toute ta subtilité n'aura abouti qu'à hypothéquer notre avenir. Dix ans de vie auront été perdus dans un vain combat, et combien d'autres années dans une errance sans fin ? Cette guerre interminable, nous n'en aurons appris qu'une chose : seuls les survivants l'emportent. C'est ainsi que l'intelligence peut voir l'un de ses pièges se refermer sur elle.

Et soudain, la vérité m'apparaît. Tu m'as appris à ruser. Et tu m'as appris à me tromper. Comme tu l'as fait. Mais je peux apprendre de tes erreurs. Le temps est une bête rétive, et je l'ai presque arrêté. Il était mon labyrinthe, avant que je ne décide d'en faire celui des intrus. Me serais-je condamnée à en défendre l'issue ? À présent, ils y tournent en rond, et ils y erreront sans cesse. Je ne peux m'en prendre qu'à moi-même.

Éri

« Comment te dire, Eumos ? Nous vivons entre deux temps. Le temps de la maison, qui a toujours été rythmé par l'alternance des saisons et des travaux, et régi par la maîtresse. Et le temps des intrus qui sont venus tout bouleverser. Leur temps n'est qu'agitation, impatience, bruits et cris. Et le sien n'est que silence, retenue et patience. Pour l'instant, ces deux temps se chevauchent. Mais ils sont incompatibles.

Leur temps, est-ce le temps à venir ? Si oui, je prie pour qu'il n'advienne pas, et que revienne vite celui qui le fera avorter.

Le sien, c'est celui que nous avons toujours connu, celui que nous aimons, aussi évident que la succession du jour et de la nuit, du soleil et de la pluie, des saisons familières.

Mais depuis l'arrivée de cette génération égarée, sans pères, nous sommes entrés dans une saison inconnue : saison absurde, où rien n'est produit, amené à maturité et engrangé. Tout y est dévoré et consumé sans égard au besoin, dans un désir vorace, sans frein ni mesure. Que feront-ils, ces fils de rien, quand ils auront fait égorger les dernières bêtes et cuvé tout le vin ? Iront-ils dévaster d'autres terres ? Chacun d'eux se vante d'être le fils d'un tel ou d'un tel. Mais où sont les pères qui leur ont appris à agir ainsi ? Ceux qui étaient partis se battre n'en sont pas revenus, pour la plupart. Les rares survivants en sont revenus amoindris. Ils étaient si heureux de revoir leurs fils qu'ils n'ont pas trouvé l'énergie de les corriger, lorsqu'il s'est avéré que dix ans passés sans pères n'avaient pas produit un seul homme comparable à ceux des générations précédentes. Grandis à l'ombre d'oncles ou de vieillards qui n'étaient pas partis se battre, et qui radotaient volontiers sur les valeurs de la noblesse guerrière, ces fils sans père ont hérité de peu de chose : d'un nom et du rêve d'un monde ancien, fait de violence et de force, du monde guerrier qui s'est consumé dans l'incendie d'une ville que rien d'autre n'avait pu réduire. Voilà pourquoi chacun de ces fils rêve de conquérir cette maison, ces terres et cette femme en se soûlant d'exploits révolus et de vin volé.

Tels sont les fils élevés sans père. Télem lui-même n'a pas encore retrouvé le sien. Que peut-il y avoir de pire pour un enfant ? Un père mort, ou un père perdu aux confins du monde ?

– Ils m'ont dit que je n'avais pas de père, m'a-t-il crié un jour, en revenant en larmes. Et Démétrio a même dit que mon père était un lâche. Mon père, il a fait semblant d'être fou pour ne pas partir se battre. Quand les autres chefs sont venus le chercher, ils l'ont trouvé presque nu, labourant le sable et semant du sel, avec un filet sur l'épaule. Il ne s'est pas arrêté avant que le chef des chefs m'ait pris, moi, et posé devant le soc de la charrue. Alors, pour ne pas m'écraser, il a bien été forcé d'arrêter la charrue et de ne plus faire le fou. Sinon, il ne serait jamais parti se battre avec eux.

En m'agenouillant devant lui, je l'ai serré dans mes bras et j'allais le consoler quand sa mère m'a devancée. Elle est venue devant nous, et l'a tiré à elle.

– Personne ne t'a dit que ton père leur a d'abord jeté le filet en leur disant d'attraper le vent ?

– Mais c'est impossible, a dit Télem, interloqué, personne ne peut attraper le vent.

– Et personne ne peut faire pousser quoi que ce soit en labourant le sable et en y semant du sel. Crois-tu que ton père ne le savait pas ? Il faisait cela pour leur dire ce qui les attendrait, au bout de la guerre. Quand on voit des hommes se parler sans les entendre, on peut se tromper sur ce qui se passe entre eux. Ceux qui prétendent avoir vu un lâche n'ont pas entendu ce que ton père a dit alors. Il leur a jeté le filet en disant : *Croyez-vous possible d'attraper le vent au filet ? Croyez-vous possible de labourer le sable et d'y semer du sel pour en tirer quoi que ce soit ? Vous voulez partir en guerre et aller assiéger une ville imprenable ? Vous ne gagnerez rien par les armes et la violence, vous reviendrez aussi nus que je le suis, pour ceux qui auront la chance d'en revenir. Même si vous abattez cette ville, et si vous semez du sel pour que rien ne repousse là où elle se dresse, vous n'en rapporterez que du vent, et vous laisserez toute une génération au pied de ses remparts. Renoncez à la guerre.* N'avait-il pas raison? Sais-tu combien de ces chefs et des hommes qu'ils ont entraînés avec eux n'en sont pas revenus ?

– Mais pourquoi ne l'ont-ils pas écouté ? dit Télem.

– Ils n'ont rien voulu entendre. Ils s'étaient persuadés que prendre ou ruiner cette ville assurerait leur richesse. Cette guerre n'a pas été faite pour les beaux yeux d'une femme, mais pour d'autres raisons. Ils voulaient s'emparer de cette ville ou la détruire, car tout le commerce du safran transitait par elle, et le safran est chose très précieuse.

– Mais alors, pourquoi mon père est-il parti avec eux ?

– Parce qu'il n'est pas un lâche. Il n'est pas parti pour faire la guerre, car il savait que la violence n'engendre que violence et mort. Sachant que cette guerre serait interminable, il est parti pour y mettre un terme. Il n'espérait pas les aider à la gagner. Lui, il savait déjà que tout le monde y perdrait.

– Mais il n'a pas fait la paix ?

– Non, il a seulement trouvé le moyen de mettre un terme à la guerre. Tu sais bien comment.

– Avec mon petit cheval ?

– Avec un cheval assez grand pour y cacher des hommes. Après dix ans, et d'innombrables morts. Pour se dresser seul, et pour essayer de faire entendre raison à tous ceux qui veulent la guerre, ne faut-il pas du courage ?

Quand elle a prononcé ces paroles, elle ne savait pas encore qu'elle aurait bientôt à affronter seule tant de fils de ces pères partis en guerre. »

La maîtresse

Par eux-mêmes, mes adversaires ne sortiront jamais du labyrinthe où je les ai piégés. Je me suis approprié une arme suggérée par d'autres. Elle m'a été dévoilée par le vent, montrée par Télem, offerte par Éri. Le vent, en soulevant le sable, y a formé des dunes minuscules capables de le ralentir. Télem me les a montrées, avant de me désigner le piège de l'araignée. Éri m'a appris qu'ici, dresser le métier interdit aux hommes d'approcher celle qui y travaille.

Et j'ai mis en œuvre cette ruse. Toi, tu l'aurais sûrement percée à jour et déjouée. Seulement voilà : aucun de ces hommes ne te vaut, et elle est trop subtile pour eux. Ils ne la perceront jamais à jour par eux-mêmes. J'ai dressé leur labyrinthe, je les y ai conduits et emmurés. Ils se trouvent dedans, et moi dehors, mais je me suis condamnée à un affrontement stérile.

Pourquoi ? Parce que cette ruse, je l'ai appliquée trop vite, sans jauger l'intelligence de mes adversaires. En somme, je ne l'ai pas faite mienne, et je me suis contentée de trop peu.

Avec des adversaires aussi grossiers, la ruse a réussi. Trop parfaitement réussi. Mais rien n'avance plus. Je m'épuise à tisser et détisser sans fin depuis trois ans déjà, et ils ne comprennent toujours rien. Moi, je sens le temps se figer, l'air se raréfier, la lumière s'amenuiser. Je n'en peux plus. J'ai le sentiment de piétiner sur place, ou plutôt de piétiner dans le temps. Et cette course immobile contre le temps m'épuise.

Je vais donc à nouveau laisser le temps filer, et travailler pour moi.

Rien ne saurait advenir, si je ne me risque pas à abattre un pan du labyrinthe où sont égarés nos ennemis. J'ai seulement besoin pour cela de l'instrument le plus malléable entre mes mains.

– Ce soir, aux torches, envoie Méla m'apporter un peu d'eau, dis-je à Éri.

– Méla ?

– Oui, Méla.

Éri

« Dire que j'avais cru qu'elle ne voyait et n'entendait rien… Te rends-tu compte, Eumos ? Entre toutes ces filles, elle a choisi Méla. Méla, qui a grandi dans cette maison, qui n'y a connu qu'affection. Méla qui a cédé la première à l'un de ceux qui prétendent épouser notre maîtresse. Que peut-elle s'imaginer, cette idiote ? Que son amant épouse la maîtresse pour la réduire au rôle de concubine, en faisant d'elle, Méla, son épouse légitime ? Dès que ces chiens se sont installés dans la maison comme en terre conquise, et qu'ils ont ordonné d'abattre les premières bêtes qui ne leur appartenaient pas pour se gorger de viandes, je me suis abstenue de les servir. À chaque fois, j'envoie Méla dans la grande salle, et elle s'y attarde tant qu'elle peut. De soir en soir, plus insolente, plus impudente. De l'ombre du corridor, je les vois tendre leurs mains nues vers les viandes et les empoigner, ruisselantes de graisse, mais je tourne les talons avant même qu'ils n'y mordent. Pour la plupart, ils ont grandi sans père, mais c'est à croire qu'ils n'ont pas eu de mère non plus. Ils ne savent même pas manger. Ils se gavent tant, ils boivent tant depuis qu'ils sont ici, que leurs visages se sont empâtés.

Nous, nous mangeons à part. Pour la maîtresse et moi, je prépare de la racine d'asphodèle, braisée, et refroidie, assaisonnée d'huile et de sel, ou écrasée avec des figues fraîches. Je bats le poulpe au bâton avant de le cuire avec les plus tendres pousses de laurier et l'ail, pour qu'il fonde sous la dent. Je vais chercher chez le berger le fromage de chèvre frais, et nous le mangeons avec de la menthe et de l'oignon vert, du pain et des olives noires. L'odeur de graisse animale qui provient de la grande salle nous lève le cœur et finira par nous ôter toute envie de viande. La terre et la mer suffiront bien à nous nourrir, sans rogner davantage sur l'héritage de Télem. Et jamais je ne servirai aux intrus les plats que je cuisais pour le maître : la soupe aux orties, le veau braisé aux baies de myrte, le porc à la sauge et aux châtaignes.

Méla servira parfaitement ses fins.

Mais tu sais, Eumos, j'aurais dû voir venir la chose. Ce matin, je lui avais trouvé un visage différent. Comme celui qu'elle avait quand, en secret, elle portait l'enfant. Elle ne souriait pas, mais son visage était éclairé d'un sourire invisible. Elle était sereine, comme si elle portait en elle un secret vital. Et comme nous vivons un temps double, son secret doit fatalement l'être aussi. Il est vital, et il est mortel. Puisse-t-il être vital pour nous, et mortel pour eux. Cependant, j'appréhende demain, car les temps vont s'enchevêtrer. »

La maîtresse

Moi, jeune fille indomptée, je n'ai pas tout de suite compris, le jour où nous avons débarqué dans ton île, pourquoi tu as choisi d'accoster de nuit dans l'anse tranquille. Tu m'as dit de rester à bord, et toi, tu as plongé et nagé jusqu'à terre. Tu es revenu peu après en barque, avec une femme aussi grande, aussi mince que moi, bien plus âgée mais encore très belle, qui portait sur sa hanche plusieurs corbeilles empilées.

– Éri m'a élevé, as-tu dit une fois remonté à bord avec elle. Et elle va te préparer.

J'allais remettre mes sandales, quand elle m'a arrêtée d'un geste, en souriant. La veille, nous avions fait aiguade dans une autre île, et cette eau douce avait tiédi au soleil. Elle m'a fait signe d'ôter ma tunique. Elle a rincé mes cheveux, mon visage et mon corps empoissés par l'air marin, en m'arrosant d'eau douce. Avec de la poudre de jujube séchée et broyée, elle m'a lavé les cheveux, avant de les rincer d'une eau parfumée aux fleurs de saponaires. L'air de la nuit était doux, et l'eau tiédie au soleil coulait sans fin sur mon corps et sur le pont.

Elle a torsadé mes cheveux pour les essorer, et ils ont vite séché, pendant qu'elle enduisait mon visage, mes bras et mes jambes d'une huile fine, au parfum inconnu. Elle m'a passé une longue robe blanche, puis un voile brodé, sur lequel elle a posé une couronne de fleurs, avant de cercler mes bras de serpents d'or. Et elle m'a montré comment relever la longue robe, pour ne pas m'entraver en marchant.

Pendant ce temps, tu t'étais lavé toi-même et tu as souri en me voyant retrousser ma robe jusqu'aux hanches pour sauter dans la barque après Éri. Quand nous avons touché terre, elle s'est agenouillée pour passer à mes pieds des sandales de cuir doré.

Elle est partie devant, et tu m'as prise par la main. Pour la première fois, j'ai gravi le sentier avec toi.

– Mange ce qu'Éri t'offrira, m'as-tu dit à l'instant où nous arrivions à la maison.

Tous étaient dehors, à nous attendre. Devant le vestibule, il y avait ton père, un flambeau à bout de bras, et ta mère, une couronne de myrte à la main. Éri m'a tendu sur un plateau un gâteau au miel et au sésame, aux coings et aux dattes, et je l'ai mangé, tandis que les femmes chantaient. Toute la maison était décorée de rameaux d'olivier, de laurier et de buis.

– Voici votre maîtresse, que m'a donnée son père, dans la lointaine Sparte, as-tu dit à tous et à toutes.

Et moi, fille de peu de mots, je m'en suis étonnée. Mais j'ai laissé passer plusieurs semaines avant de te demander pourquoi tu avais préféré mentir. Tu as souri.

– Mentir ? as-tu dit. Qu'ont-ils besoin de savoir ?

C'est vrai, ils n'avaient pas besoin de savoir que j'avais quitté la maison de mon père sans renoncer, la veille du départ, aux jouets et aux objets familiers de mon enfance. Je n'avais pas pris le bain rituel d'eau puisée à la fontaine consacrée. J'ai compris ce que tu avais en tête en leur parlant ainsi : à leurs yeux, rien ne devait entacher ma vertu. Il y avait une vérité pour nous seuls, et une autre pour eux. Après la feinte qui t'avait permis d'emporter la course, cette parole a ouvert pour moi une deuxième porte vers ton esprit. J'ai bientôt découvert que souvent, tu disais une chose quand en ton cœur, tu en cachais une autre – tout autre, même.

Moi, fille de peu de mots, je n'aurai jamais ta volubilité. Et je le sentais : jamais ne me serait donné le talent et le plaisir d'étourdir de paroles crédibles ceux qui n'ont pas à savoir. Le plaisir que tu y prenais ne m'inquiétait plus, depuis que j'avais compris combien tu voyais loin, et que tes paroles visaient toujours un but qui m'échappait encore. Quant au talent d'en faire autant, je pouvais m'en passer car je n'en avais pas besoin. Mais les temps ont changé. Et moi aussi, j'ai changé. Je ne suis plus celle que j'étais en arrivant chez toi.

Désormais, alors même que tu es absent, tu habites mes pensées. Désormais, mon esprit est double. Mes mains et mes gestes lui obéissaient indifféremment quand il s'agissait de faire et défaire cet ouvrage absurde, vain, interminable – allongé et raccourci de jour en jour, de nuit en nuit, et toujours mesuré à l'aune de ton absence.

Dans la toile, on peut tirer des fils de trame, en préservant les fils de chaîne. Et on appelle jours les vides ainsi ménagés. En cette lointaine nuit, à la lame, j'avais ouvert un jour, un jour immense dans la nuit où nous étions. Il m'avait fallu du temps pour comprendre que je pouvais le prolonger.

À compter de cette découverte, j'allais me coucher satisfaite, et je dormais mieux, d'un sommeil plus profond. Je n'avais plus besoin de me reposer, durant la journée. Pourtant, aux heures chaudes, je montais tout de même me retirer dans ma chambre.

Seule Éri était autorisée à y entrer.

– Elle dort, ne la dérangez pas, disait-elle aux femmes.

Et les intrus croyaient que je me livrais au sommeil pour oublier, par désespoir. En fait, dans le temps que j'avais réussi à ralentir, moi, je laissais mûrir l'avenir.

J'ai ainsi tergiversé trois ans de plus. Enfin, je me suis lassée de ma première ruse. L'échappatoire que j'avais imaginée s'est révélée une impasse. J'ai décidé d'opter pour l'affrontement. Et mes pensées ne s'appliquent plus qu'à parfaire le piège qui nous délivrera.

Éri

J'ai saisi ce que voulait la maîtresse, et je lui ai obéi en tous points. Le soir, j'ai fait monter les filles dans leurs chambres à l'étage pour que nous restions toutes deux seules en bas dans la salle des femmes, comme à l'accoutumée depuis trois ans. La maîtresse travaillait aux torches à défaire tout ce qu'elle avait fait dans la journée, et je suis montée dire à Méla de lui apporter de l'eau. Méla l'a trouvée en train de détisser, avec autour d'elle le sol jonché de brins de fil coupés. Et je suis revenue comme en hâte renvoyer Méla dans sa chambre pour la nuit. Au matin, je lui ai assigné tant de tâches à accomplir sous mes yeux jusqu'au soir qu'elle n'a pu aller rapporter à son amant ce qu'elle avait vu. Puis j'ai fait monter les filles, en oubliant de fermer la porte de la chambre où couche Méla. La maîtresse s'est remise à détisser aux torches, je suis revenue auprès d'elle. C'est alors seulement que Méla a pu retrouver son amant. Dans la salle bruyante, nous avons entendu le silence tomber, puis retentir des exclamations indignées, et des pas précipités approcher. Nous avons toutes deux sursauté quand la porte de la salle des femmes a brusquement été ouverte par Méla. Sans oser fouler le seuil invisible, les intrus se pressaient dans l'embrasure. La maîtresse s'était figée. Entre les doigts de sa main suspendue en l'air, une petite lame luisait à la lueur des torches. Tous la regardaient abasourdis, incrédules. Elle les fixait toujours, calmement, alors ils ont reculé, sans rien oser dire, et Méla a refermé la porte.

La maîtresse

Enragés d'avoir découvert que le silence où je m'étais murée m'avait permis de les berner si longuement, mes ennemis m'ont imposé d'achever mon ouvrage. Je me suis donc remise à allonger le drap. Et j'ai tissé, tissé, tissé. Autant l'effilage m'avait libérée, autant le tissage m'épuisait, raidissant ma nuque, fatiguant mes bras, engourdissant mes doigts. Mais peu m'importait : je gagnais encore du temps.

Après leur avoir fait perdre des années dans leur oisiveté forcée, j'ai encore gagné une année de plus, une année entière. Et j'ai gagné non seulement sur le temps présent, mais sur le temps lointain, sur le temps à venir, qu'ils ne vivront pas. À chaque rang tissé, je faisais un vœu. Que ce rang allant de droite à gauche soit un an de moins de la vie d'un tel, que ce rang allant de gauche à droite soit un an de moins dans sa vie ! La toile est finie à présent, elle est immense. En songeant combien de rangs elle compte, et combien de jours elle leur coûtera, si mon vœu se réalise, je suis contente. Je les regarde, et je me dis : ils croient égaler des héros qui ont choisi de mourir jeunes pour laisser un nom dans la mémoire des hommes, car la gloire conquise par la force et la violence ne s'acquiert qu'au prix d'une vie brève. Bientôt, ils paieront la force et la violence qu'ils ont imposées. Mais pour eux, la vie brève sera couronnée d'ignominie.

En cinq ans, j'aurai tissé deux toiles. En fin de compte, j'aurai aussi tissé un linceul. Pour vous. Mais pas dans la toile que vous m'avez forcée à tisser. Le vôtre, de linceul, il est bien plus grand, pour vous enfermer tous. Il est fait de la substance immatérielle, invisible, des milliers de brins de fil que j'ai détissés. Et de milliers de pensées. Mes pensées ne suivaient pas l'ordre régulier du tissage, si morne, si répétitif... Je les sentais souvent avec désespoir s'effilocher. Mais j'en ai ressaisi des bribes. Et je les ai entre-tissées différemment, avec obstination.

Eux croient m'avoir forcée, forcée à faire leur volonté! Moi qui ai défié celle de mon père! Ils croient m'avoir forcée et ils en jouissent. Ils se figurent que j'ai cédé au nombre et à la force. Moi, céder au nombre et à la force? À des ombres d'hommes, qui n'ont même pas mon âge? Persuadés d'avoir fait de moi leur esclave, les voilà sûrs que je serai bientôt la femme de l'un d'entre eux. Libre à eux de rêver!

Ils ne soupçonnent même pas que Méla n'était que mon instrument. Le levier qui m'a permis d'abattre un pan du labyrinthe où je les avais piégés, voués à languir, à se morfondre, englués dans leur désir. Soudain, ils se sont vus tels que je voulais qu'ils se voient, tels qu'ils sont : oisifs et ridicules. Devant mon fils, ils m'ont accusée de les avoir bernés, réduits à l'impuissance. Pour l'heure, mes ennemis savourent ma faiblesse. Mais j'ai eu de bons maîtres. Éri et toi, vous m'avez appris à endurer, à dissimuler et à ruser.

Sans doute croient-ils que je suis la femme d'une ruse.

Bientôt, ils découvriront qu'ils sont entrés dans la nasse : condamnés à rivaliser pour m'avoir et, tôt ou tard, à me laisser choisir l'un d'entre eux.

Moi, j'entends ta voix qui me dit : *Une femelle pour tant de mâles?*

Moi, je suis la femme du Poulpe.

Qui dénouerait l'étreinte qui nous unit?

Éri

« Eumos, elle paraît encore si jeune que tous ces idiots la désirent comme si elle avait moins que leur âge. Mais comment pourraient-ils lui plaire, après l'homme qu'elle a connu ? À ses yeux, ils ne sont pas plus mûrs que son propre fils. Télem va mûrir, s'ils lui en laissent le temps. Mais eux ne mûriront jamais. Ils sont comme des fruits gâtés, déjà pourris de l'intérieur.

Elle le sait, et là-dessus, sa prudence est extrême. Je la comprends, je la devance. Sans qu'elle ait à me le dire, j'apporte le plus grand soin au choix de son vêtement, pour qu'il ne révèle pas plus qu'il ne cache, et qu'il la protège sans la parer. Ses voiles couvrent ses cheveux, ses épaules et ses bras, ses robes tombent jusqu'aux pieds, ses sandales sont plates et simples. Le seul bijou qu'elle porte, la larme d'ambre que le maître lui a offerte, elle le cache sous sa robe. Les serpents d'or offerts par sa belle-mère dorment dans le coffre de la chambre du maître. »

La maîtresse

Il y a quinze jours, ils ont entendu mon fils élever la voix pour la première fois. Maintenant, je redoute qu'ils ne tentent d'agir contre lui, mais tant qu'il est chez son grand-père, il ne risque rien, n'est-ce pas, Éri ?

Je regarde Éri, et je me rends compte qu'elle ne m'a pas entendue. Parce qu'en fait, je ne lui ai pas parlé. De plus en plus souvent, je lui parle autant que je te parle. Tu es absent, et tu ne peux m'entendre. Elle est là, et à force d'échanger des regards, sans rien laisser paraître de notre dégoût, de notre lassitude, de notre haine, nous nous entendons en silence. Ainsi, nos pensées cheminent ensemble, comme deux marcheuses qui vont à travers la nuit, s'épaulant, se tirant l'une l'autre quand elles fatiguent, sans échanger un mot, pour ne pas se trahir.

Le rêve du labyrinthe est revenu me hanter. Il a pris une autre forme, non moins inquiétante. Je me retrouve face au labyrinthe, ou plutôt face à un mur. Je sais qu'il ferme le labyrinthe. Subitement, la lumière change, elle devient glauque, comme si elle s'épaississait. Et le mur me semble flotter, s'éloigner un peu, puis se rapprocher, et je ne saurais dire si c'est le mur ou moi-même qui flotte. Et ce mur est d'une couleur étrange, grisâtre ; trouble, mais translucide : et soudain, je comprends. Il a l'aspect et la consistance d'une méduse géante. Je préférerais le contourner que le traverser. Et je recule. Mais à cet instant, le mur se fend devant moi, et je me sens poussée par le courant et aspirée à l'intérieur. Tout mon être se révulse à l'idée de ce contact. Mais en fait, il n'y a pas vraiment de contact. Je suis avalée de l'autre côté. Je vois les parois se déformer, ondoyer et s'entrouvrir sur un autre passage. Et cela me fait bien plus peur que si elles s'ouvraient sur un monstre. Pourtant, je le sais, je dois m'y risquer. Alors une autre peur m'étreint. Et si ce passage se refermait derrière moi ? Et si je n'émergeais plus jamais du labyrinthe ? Et un nom éclôt en mon esprit : Télem ! Une angoisse atroce me prend. Je ne le reverrais jamais, il ne me reverrait jamais ! Et puis, curieusement, même dans le rêve, ma raison reprend le dessus. Mais il n'est plus un enfant ! Je le vois comme un enfant, je veux le défendre comme on défend un enfant, mais il n'en est plus un. Je suis si soulagée que je me réveille. Il fait encore nuit. Ce labyrinthe, est-il celui du temps dont on ne peut sortir que par la mort ? Ou celui de mon propre esprit hésitant devant chaque nouveau problème ? Je ne sais pas. Mais le rêve semble dire qu'il faut replonger dans le temps, malgré tout ce qu'il recèle de jours imprévisibles, noyés dans la brume de l'inconnaissance.

Quand tu m'avais emmenée loin de chez moi, dans ton île, tu m'avais dit qu'il y aurait peut-être des dangers, des conflits, des séismes à affronter. Il est difficile d'imaginer une réalité différente de celle que l'on a toujours connue ; pourtant, en y vivant, je m'étais faite à ton pays. Mais sans toi, il me faudrait aborder un espace sans forme, sans sol, sans contours, le terrain le plus traître qui soit.

Je ressassais sans fin, jour après jour, et parfois nuit après nuit. J'attendais le moment propice pour arrêter ces pensées qui tournaient et viraient sans cesse. En saisir une, la prendre dans la main, la retourner en tous sens, en choisir l'arête la plus coupante pour inciser le temps.

– J'aurai peut-être la force d'affronter les jours à venir sans toi, t'ai-je dit le dernier soir que nous avons passé ensemble ; nous parlions à voix basse, en écoutant Télem respirer dans son berceau. Mais à quoi sert la force, sans perspicacité ? J'ai toujours vu les jours se succéder, et les choses arriver d'elles-mêmes, en me reposant sur toi.

– Tu sauras faire face, m'as-tu dit. Tu devras deviner ce qui ne peut se deviner : ce que sera le jour à venir. Ne crois pas que ce soit chose impossible. En tâchant de percer la nuit qui voile ce qui n'existe pas encore, tu verras bouger des ombres mouvantes – s'agitant, allant de droite et de gauche, s'effaçant, s'éloignant, se dérobant. Même si tu redoutes ce qui peut arriver, n'en détourne pas ta pensée. Au contraire, ne crains pas d'imaginer le pire. Essaie de te voir toi-même parmi ceux qui t'entourent. Évalue leurs faiblesses. Compare-les aux tiennes. Pense toujours que ce qui les fait agir diffère de ce qui te meut. Demande-toi comment tu pourrais déjouer leurs manœuvres et contrer leurs réactions. Scrute longuement leurs mouvements confus, leurs agissements ambigus. Vois en quoi ils sont contradictoires. Et quand tu auras imaginé sur lesquels tu peux peser, tu seras prête à orienter le nouveau jour qui se lèvera.

Éri

« Écoute-moi, Eumos. Je sais que je n'aurais pas dû céder. Mais au lendemain du jour où, pour la première fois, il a élevé la voix, j'ai voulu soutenir Télem. Je dois l'avouer, j'ai senti que quelque chose s'était rompu entre sa mère et lui, et j'ai eu peur que les choses n'empirent. Alors, quand il m'a dit qu'il était allé parler devant l'Assemblée et qu'il voulait partir, j'ai pensé qu'ailleurs il serait moins en danger. Des hommes qui avaient connu et aimé son père sauraient lui en parler, le faire vivre à ses yeux et, au besoin, le protéger. Je lui ai obéi, j'ai pris la clef, j'ai ouvert le cellier, j'ai préparé les provisions. Je l'ai laissé partir. Mais je ne joue pas sur les mots ! Bon, si tu veux, je l'ai même aidé à partir. Par pitié, ne me dis pas une fois encore que c'est ainsi que tu as été enlevé. Comment peux-tu comparer les choses ? Tu n'étais qu'un enfant, et il est presque adulte. Tu as suivi une esclave, et lui, il est parti avec un marchand qui a connu son père. Mais je le sais, je le sais bien, Eumos ! Sur ce point-là, tu as raison. Tu es content ? Crois-tu que je ne me le reproche pas ? Mais ce n'est pas incohérent, Eumos ! On peut faire une chose parce que c'est nécessaire et vital ; et puis, on peut se reprocher de l'avoir faite, parce que toute chose a son envers, tout acte a son revers. Et je vais t'apprendre une chose, Eumos, car tu n'as pas l'air de t'en douter : rien n'est ou blanc, ou noir. Comment ça, sauf la vérité ? Tu veux que je le dise ? Parfait. Jamais, au grand jamais, je n'aurais dû cacher la vérité à sa mère. Seulement, il m'a fait promettre de laisser passer au moins quinze jours sans rien en révéler. Ce que je lui ai dit, à elle ? Eh bien, je lui ai dit qu'il était parti voir son grand-père.

– Il est grand temps de le laisser aller son chemin, m'a-t-elle dit. Là-bas, il n'a rien à craindre. Tous le défendraient.

Et je l'ai sentie soulagée qu'il soit parti, qu'il ait pris l'initiative de s'éloigner d'elle, enfin, pour la première fois. Tu vois bien que j'ai eu raison, non ? Oh, tais-toi, Eumos, je te le redis, il n'est plus un enfant ! Vous refusez tous de le voir grandir. À force d'attendre et attendre, tournés vers le passé, vous tremblez devant l'avenir. Lui, il n'a jamais connu que cette île, laissez-le aller voir le monde.

Décidément, Eumos, tu as entrepris de me rendre folle ! J'avais promis au garçon, comment pouvais-je trahir ma parole ? Que radotes-tu là ? La vérité doit passer avant tout ? Depuis quand crois-tu ça ? Depuis quand pratique-t-on la vérité, dans cette maison ? Tu le sais comme moi : au-dessus de la vérité, il y a la survie. Elle seule doit nous dicter nos paroles. Parfaitement, Eumos : nos paroles et nos silences. Mais se taire, ce n'est pas mentir ! Pourquoi aurais-je alarmé sa mère inutilement ? Il suffisait d'attendre qu'il revienne sain et sauf, il lui aurait tout expliqué lui-même. Non, ce n'est pas vrai, je ne me conduis pas en enfant. C'est toi qui deviens peureux. Non seulement tu vois le danger partout, mais tu vois tout en noir. Tu ne peux pas jauger le monde d'aujourd'hui selon ce que tu as vécu il y a… combien d'années, au juste ? Quarante ? La mer est peut-être moins infestée de pirates, qu'en sais-tu ? Depuis qu'on t'a vendu sur cette côte, tu n'as plus jamais quitté notre île, comme un arapède cramponné à son rocher. Bon, je te l'accorde, Eumos, la mer a toujours été infestée de pirates, et c'est un danger avec lequel il faut compter. Mais enfin, son père a couru les mers, et il leur a toujours échappé. Par le passé, j'en conviens. On ne peut préjuger de l'avenir ? Je t'en prie, ne dis pas de telles choses ! Mais je te le répète, Télem est parti avec Mentès : un marchand expérimenté, qui sait recruter un équipage fiable. Tu ne peux pas tout voir à la lumière de ton propre passé, raisonner comme tu le fais, et croire qu'il sera vendu à des pirates pour échouer on ne sait où. À ce compte-là, je pourrais croire que sa propre mère va le vendre pour s'en débarrasser, tout comme mon père m'a vendue au maître d'alors. Que marmonnes-tu encore ? Tu comprends qu'il ait voulu se débarrasser de moi, si j'étais déjà aussi têtue dans ma jeunesse ? Là, c'en est trop ! Je rentre. Et je ne dirai rien de plus. Quoi encore ? Non, oiseau de malheur, je ne dirai rien. Oui, j'avais peur d'elle et de ce qu'elle pourrait faire en apprenant que j'avais cédé à son fils, au lieu de courir la prévenir. Non, tu te trompes. Elle n'est pas indifférente. Non, tu te trompes encore. Elle n'est pas désespérée. Non, elle ne veut pas se remarier, et personne ne l'y forcera. Ni son propre fils, ni son propre père. Et évidemment pas un des idiots qui traînent dans les parages la langue pendante, dans l'espoir de l'épouser, et qu'elle fait lanterner depuis si longtemps. Comment je le sais, tête de buse ? Je le sais, voilà tout. J'en ai déjà trop dit, tu n'as pas à en savoir davantage. En quoi est-ce scandaleux ? Il faudrait savoir, Eumos. Pourquoi se remarierait-elle ? Pour se plier à la coutume ? Parce qu'une femme ne saurait décider par elle-même, quand tous les hommes qui l'entourent la pressent de se remarier ? Mais elle est mariée ! Tu l'as oublié ? À présent, ça suffit, Eumos ! Dans quel camp es-tu ? Dans celui de ton maître et de ta maîtresse ? Ou dans le camp adverse ? Ah, là, tu te tais, Eumos ! Tu ne trouves plus rien à dire ? C'est assez blanc ou noir pourtant, il me semble ! Je t'écoute. J'ai beau tendre l’oreille, je n’entends rien. Ah, je vois que faute de pouvoir répondre, tu préfères parler d’autre chose… Tu ne comprends pas ce qu’elle fait ? C’est pourtant bien simple. Comme nous tous, elle attend. Mais chacun attend à sa façon, Eumos ! Les intrus attendent en s’empiffrant aussi vite qu’ils le peuvent, car ils se doutent que le jour où le maître reviendra, ils n’auront plus le souci de se nourrir. Télem attend depuis si longtemps, le pauvre enfant, qu’il n’en pouvait plus et qu’il est parti. Tu me demandes pourquoi ? Tu ne t’en doutes pas ? Mais pour tâcher de découvrir s’il y a toujours lieu d’attendre, ou si son père ne l’a pas abandonné avec sa mère, ou même s’il n’est pas mort. N’importe quelle certitude serait encore préférable à cette torture. Chacun attend à sa façon, je te le répète. Certains, comme toi ou moi, attendent en tâchant de faire au mieux ce qu’ils feraient si le maître était là. L’important n’est-il pas de préserver l’ordre des choses ? Le vieux maître attend sans grand espoir, en déclinant, à ma grande tristesse. Elle, elle attend aussi, en se débattant avec la pire des choses : l’absence de l’être qu’elle aime. Et s’il revient enfin, s’il revient bientôt… Quoi ? Moi, j’aurai à m’expliquer ? Là, tu es allé trop loin. Toi aussi, tu auras à t’expliquer ! Pourquoi ? Mais pour m’avoir persécutée ! S’il revient, oui, je m’expliquerai. Car vois-tu, à la différence d’un esclave borné, le maître ne place pas la vérité au-dessus de tout. Peut-être préférera-t-il que j’aie laissé partir son fils. Pourquoi ? Mais pour éviter que ce fils ne chasse sa mère. Ah ! Tu n’y avais pas pensé, à ça ? Voilà une crainte qui ne t’avait pas effleuré, partisan de la vérité suprême ? Et tu crois que j’ai peur de ce qu’il me fera, s’il revient pour apprendre que j’ai laissé partir son fils ? Mais, ma parole, tu oublies de qui tu parles, et tu oublies à qui tu parles ! Tu crois que j’ai peur de l’enfant que j’ai mis au monde de mes mains ? Que j’ai tiré de la poche qui l'enfermait en la crevant moi-même, pendant que sa propre mère gémissait en se demandant si elle ne venait pas d'accoucher d'un monstre ? Tu crois que j'ai peur du fils de l'homme qui m'a aimée et que j'ai aimé ? Peur du petit garçon que je tenais sur mes genoux quand sa brute de grand-père lui a donné un nom idiot ? Peur du beau garçon revenu de la chasse au sanglier, où ce même grand-père l'avait emmené, la cuisse déchirée, que j'ai moi-même pansée d'onguent sans pouvoir en aplanir la cicatrice ? Peur de l'homme qui ne s'est fié qu'à moi pour laver et préparer une femme trouvée au-delà des mers avant de la montrer à tous ? Eh bien, vois-tu, Eumos, puisque tu veux tout savoir, et en particulier la vérité… la vérité, Eumos, est, comme toujours, un peu plus nuancée que tu ne l'imagines. Je n'ai pas peur, et j'ai peur. Et maintenant que tu m'as fait dire ce que tu voulais me faire dire, à ton tour, Eumos ! La vérité, là, elle est blanche ou noire ? »

Méla

« Après tout ce que j'ai fait pour toi, et pour vous tous, il y a un an, en vous montrant à quel point la maîtresse était rusée, tu aurais pu réfléchir avant de parler devant l'Assemblée, Eurymaque.

L'as-tu oublié ? Au risque de me rompre le cou, n'ai-je pas sauté de l'étage pour me laisser tomber dans tes bras ? Ne t'ai-je pas révélé comment je les avais surprises à effiler la toile en secret ? Ne vous ai-je pas ouvert la porte de la salle des femmes pour que vous les preniez sur le fait, sans franchir le seuil qui vous est interdit ?

Tout cela, je l'ai fait parce que tu m'as juré de m'aimer toujours et de faire de moi la maîtresse de cette maison.

Tu sais combien je suis fine, tu me l'as dit et répété. Alors, pendant tant de mois, pourquoi ne pas avoir suivi mon conseil ? Pourquoi ne pas avoir tué Télem en chemin, l'autre jour, avant qu'il ne s'adresse à toute l'Assemblée ? Fallait-il attendre qu'il aille se plaindre devant tout le peuple que vous mangiez son bien et menaciez sa mère ? Ne connais-tu pas le peuple ? Ignores-tu que si, par peur ou par respect du père, le peuple prenait le parti du fils et de la mère, vous tous tant que vous êtes ne pourriez l'arrêter ? Que crois-tu que le peuple ferait de vous ? Et que crois-tu qu'il ferait de moi, toi qui prétends m'aimer, mais ne m'écoutes pas ?

Si Antinous ne s'était pas dressé pour rétablir la vérité, que serait-il arrivé ? Moi, je le sais : quand le peuple juge et tranche, il exécute sans délai. Nous ne serions peut-être plus vivants. Par bonheur, plus malin que toi, Antinous a retourné le peuple. Devant tous, il a proclamé que la seule cause de tous les maux de Télem était la duplicité de sa mère, qui vous avait trompés, et qui vous tromperait encore, si je n'avais de bons yeux. Il m'a même remerciée, en ajoutant qu'une de ses femmes vous avait aidés. Lui, il mesure ce que vous me devez. Quant à la maîtresse, il a révélé que vous l'aviez forcée à finir cette toile et, maintenant qu'elle l'a finie, sommée de choisir l'un de vous. Et il a même ajouté que vous ne partiriez jamais avant qu'elle n'ait cédé. Sauf bien sûr si Télem la renvoyait bien loin, dans la maison de son propre père. Dès lors, grâce à la présence d'esprit d'Antinous, qui a tout de suite vu le danger et trouvé les mots pour y parer, tout était clair, le peuple était pour vous.

Alors, explique-moi, Eurymaque, pourquoi tu as cru bon d'invoquer une fois de plus le seul nom susceptible de faire à nouveau pencher le peuple en faveur de Télem ? Tu rêves d'être un jour le maître de cette maison. Tu rêves même de te mesurer à son vrai maître. Mesure d'abord le pouvoir de son nom. Songe que sur cette île, il vaut mieux s'abstenir de prononcer ce nom vénéré et redouté. Et à l'avenir, garde-toi de parler sans réfléchir. »

La maîtresse

La cour n'est déjà plus écrasée par le soleil de midi quand Éri me dit qu'elle va voir son vieil ami, mais qu'elle sera vite de retour. Tout en lui parlant, je l'accompagne jusqu'au portail, puis je la regarde partir sur la route. Elle n'est pas très loin, quand tout d'un coup, je la vois vaciller, comme prise de vertige. Et moi, plantée sur mes jambes, immobile, je sens mes mollets tressauter, même si je ne tremble pas. En me mettant à courir vers elle, tout en criant son nom, je crois trébucher, et au même instant, j'entends une sorte de grondement sourd, anormal, indéfinissable. Sans comprendre ce qui arrive, je me force à courir, en sentant mes genoux et mes chevilles s'entrechoquer.

Éri titube toujours, les bras tendus, comme si elle voulait se raccrocher au vide. Ma vue se brouille, et je cligne des yeux, pour y voir plus clair. Derrière elle, les maisons du hameau semblent vibrer, comme dans une brume de chaleur, puis se voiler d'une poussière dorée. Au bout de sa hampe, une lanterne suspendue dehors danse follement. Je vais rejoindre Éri quand je sens, plus encore que je ne l'entends, grossir le grondement. Comme si un monstre allait surgir de terre, venu de la mer. Le grondement me traverse, et j'en frémis malgré moi. Prenant Éri dans mes bras, je la serre contre moi, et sous nos pieds, la terre vibre, de gauche à droite et de droite à gauche. Tout autour de nous, les branches des oliviers s'agitent, même s'il n'y a pas de vent, et les arbres paraissent nous héler, tels des vieillards aux bras noueux.

Les yeux écarquillés, je vois les flancs de la colline vomir des bouffées de vapeur blanche ; de petits arbousiers et des myrtes glissent sur les pentes, comme si les bois se mettaient en marche. Nous sentons l'effrayant vacarme passer sous nos pieds, à toute allure, puis filer vers la colline, et vers l'autre bout de l'île. Et brusquement, tout cesse. Tout s'immobilise, tout se tait. Et nous aussi, nous restons immobiles, nous nous taisons, n'osant souffler. Dans le silence et le calme revenus, nous voyons de vieux murets en pierre sèche glisser et s'écrouler par endroits dans le fossé. Nous sommes encore cramponnées l'une à l'autre : tout autour de nous, la poussière retombe, et nous voyons que les murs de trois des plus proches maisons se sont lézardés. Tremblant encore sur nos jambes, nous soutenant l'une l'autre, nous revenons vers la maison.

Éri

« Eumos, il ne pouvait pas y avoir pire nouvelle. Nous venions de rentrer, chancelantes et nous tenant toujours par le bras. Comme nous passions devant la porte du cellier, la maîtresse l'a entrouverte et a descendu l'escalier en me lançant :

– Je vais voir si tout est en ordre en bas. Toi, envoie tout de suite quelqu'un chez mon beau-père. Là-bas, la terre ne bouge jamais, mais assurons-nous que rien n'est arrivé à Télem.

J'ouvrais la bouche pour lui répondre, quand Médon est arrivé venant de la cour. Même dans la pénombre du corridor, j'ai vu qu'il était tout pâle.

– Éri, mène-moi à ta maîtresse, de suite, et en secret, m'a-t-il dit, tremblant si fort que ses dents s'entrechoquaient. Il faisait pitié à voir, et mon cœur s'est serré. Je l'ai pris par la main, et tiré derrière moi jusqu'au bas des marches du cellier.

La maîtresse vérifiait qu'aucune jarre n'avait pâti du séisme. Elle s'est retournée.

– Médon a quelque chose à te dire en secret.

– Approche, a-t-elle dit, intriguée.

Il est allé vers elle, et je l'ai vu ouvrir la bouche à trois reprises, comme s'il manquait d'air, avant de pouvoir parler.

– Ils ont décidé de tuer Télem quand il reviendra de Pylos et de Lacédémone par la passe, a-t-il enfin soufflé d'une traite.

Elle s'est tournée vers moi, sans comprendre.

– Mais il est chez son grand-père !

Puis elle a vu mon visage, alors que je m'avançais pour la soutenir, et j'ai senti son corps glisser contre mon bras passé autour de sa taille, tandis que ses genoux se dérobaient sous elle et que la vie semblait s'éteindre en ses yeux.

– Où est parti mon enfant ? Pourquoi s'est-il embarqué ? m'a-t-elle lancé d'une voix rauque, en s'effondrant presque. Les vents ont emmené mon fils adoré ! Qui l'a laissé partir ? Qui l'a aidé à partir ? Il aurait dû me passer sur le corps avant de pouvoir le faire !

Je me suis laissée tomber à genoux devant elle, et j'ai baissé la tête.

– Maîtresse, tue-moi si tu le veux. Je le savais. Je lui ai donné tout le vin et la farine qu'il a exigés. Mais je ne pouvais parler : il m'a fait promettre de n'en rien dire avant quinze jours. Il est parti à Pylos et Lacédémone, espérant obtenir de Nestor ou de Ménel des nouvelles de son père. Il m'a ordonné de te dire qu'il allait chez son grand-père, pour que tu ne t'inquiètes pas entre-temps.

– Mais sur quel bateau a-t-il pris la mer ?

– Noëmon lui a prêté le sien, mais Télem n'était pas seul. Le marchand Mentès l'accompagnait et a choisi lui-même les hommes d'équipage.

– Médon, dis-moi la vérité : Noëmon et Mentès sont-ils dans le complot ?

– Sûrement pas, maîtresse. Noëmon ne savait même pas où Télem était parti. Il est allé tout à l'heure réclamer son bateau aux autres qui croyaient aussi Télem parti chez son grand-père. Tous sont furieux contre Noëmon, qui ne comprend pas ce qu'ils lui reprochent. Ils lui ont demandé avec quel équipage Télem s'était embarqué. En apprenant que Mentès n'était qu'un simple marchand, parti négocier une cargaison de fer, ils ont pensé que Télem reviendrait seul, et plus vulnérable. L'un d'eux s'est aussitôt dit prêt à partir avec vingt autres l'attendre en embuscade entre l'île et Samos.

– Bien, Médon, je te crois. Éri, va sur le palier, et envoie Méla faire je ne sais quoi, ailleurs. Quant à toi, Médon, dès que Méla sera partie, et sans attendre qu'ils soient tous là, remonte, dis-leur que tu es malade et rentre chez toi. Si mon fils survit, je n'oublierai pas ce que je te dois.

La maîtresse s'est tournée vers moi.

– Pourquoi, Éri, pourquoi ?

Je ne savais que dire.

– Je sais que tu l'aimes autant que je l'aime. Alors, pourquoi ?

J'ai relevé les yeux.

– Maîtresse, j'ai eu peur… quand il élevé la voix pour te répondre… en présence de tous…

– Tu n'as donc pas compris ?

Qu'aurais-je dû comprendre ? Après tout, Télem et elle vivaient depuis très longtemps dans une entente singulière, en deçà des mots. Davantage sans doute qu'une mère et un fils dont le père aurait été présent. Elle devinait ses moindres chagrins. Il savait déchiffrer sur les traits de sa mère des expressions infimes qui échappaient à la plupart des gens. À croire qu'ils ne pouvaient rien se cacher l'un à l'autre. Bien sûr, à compter des jours où il est passé de l'innocence de l'enfance à l'adolescence, les choses ont changé entre eux. Elle a vu que la présence des intrus aimantait ses regards, elle a pressenti qu'ils l'attireraient dans leur cercle. Elle appréhendait la chose autant que moi, mais elle a décidé de n'en rien montrer, et de le laisser faire à sa guise. Quand il se retournait vers elle, elle n'était plus là où son regard la cherchait. Il a vite été happé dans leur cercle bruyant. Une fois, l'un des plus vieux d'entre eux lui a fait place près de lui, et aux rires des autres, il a senti que quelque chose lui échappait, et dès lors il a évité cet homme. Et puis un soir, dans l'ombre, il a surpris Méla et son amant. Il les a vus et entendus, sans s'apercevoir que moi aussi, je le voyais les voir et les entendre. Dès le lendemain, il n'a plus approché des autres. Ils l'appelaient, ils le cherchaient, et il n'était plus là pour eux. Il partait pour quelques heures te voir, Eumos, ou bien pour voir son grand-père. Sa mère attendait de lui une parole, un geste, et il ne faisait rien, ne disait rien. Jusqu'au moment où il s'est enhardi à s'opposer à elle. Je n'ai pas supporté de l'entendre parler ainsi à sa mère devant des étrangers. Et si seulement elle l'avait rabroué et remis à sa place, je n'aurais pas redouté que le lendemain, ou trois jours, ou dix jours après, il n'ose la renvoyer chez son père.

– Maîtresse, j'ai eu peur...

– Qu'il ne veuille me chasser? Éri, nous avons tâché de le protéger des autres, mais nous ne pouvons le protéger de lui-même. S'il était, comme tu l'as craint, prêt à jeter dehors sa mère, il ne serait plus le fils de son père, et alors qu'y aurait-il à sauver en lui? Non, il l'a pressenti lui-même, il s'en est voulu, et c'est pourquoi il a tenu à partir. Toi, tu aurais pu comprendre alors combien il m'importait d'être à ses yeux une mère imparfaite. C'est pourtant très simple, Éri. Mais tu te refuses à le voir : je ne voulais plus rester à ses yeux ce génie tutélaire sans défaut, cette mère toute-puissante, cette femme limpide. Je ne suis pas aussi grande qu'il me voyait dans son enfance. Pouvais-je espérer le voir grandir, sans consentir à me diminuer à ses yeux? Quand il a enfin pris la parole, j'ai été heureuse. Comprends-tu pourquoi, Éri? Après tout, à qui peut-on se fier en ce monde? Mes beaux-parents m'ont fait défaut, des servantes et des serviteurs me trahissent, les gens des environs ne sont pas mieux disposés envers moi que ne l'est mon propre père. Je ne pouvais le laisser se risquer en un monde aussi peu fiable sans entrouvrir pour lui les portes de la duplicité. Mais qu'importe, après tout, la raison qui a guidé mes actes. Je n'ai pu mesurer la violence des répercussions que ces actes auraient en son cœur. Il t'a dit qu'il partait chercher des nouvelles de son père. Depuis qu'il est né, tout le monde a répété qu'il était le vivant portrait de ce père absent. Peut-être a-t-il voulu savoir si Nestor ou Ménel le reverrait en lui. Pour s'assurer ainsi qu'il était bien son fils. Tu étais là, tu l'as aidé à naître, tu m'as aidée à le mettre au monde. Mais ma parole et la tienne ne suffisent pas à le persuader qu'il est le fils de son père. Qui d'autre que moi pourrait le savoir ? Personne. Et aucun de ceux qu'il croisera ne pourra l'en persuader. Seul son père le pourrait. En partant voir des hommes qui ont connu son père, Télem, lui, ne va que vers le passé. Partout, il n'apprendra qu'une chose : que son père lui manque. On lui dira quel homme était son père, on ne le lui rendra pas. Seul son père lui ouvrirait l'avenir, s'il revenait. Je suis bien lasse, Éri. Non pas lasse d'attendre celui que j'attendrai toujours. Lasse d'attendre un allié. Je n'en espérais pas d'autre que lui. En fait, en agissant, j'ai échoué, car je n'avais pas prévu que lui, il en trouverait si vite, des alliés : Mentès, Noëmon, et jusqu'à toi, Éri. Non, je ne t'en veux pas, Éri, d'avoir voulu nous protéger l'un de l'autre. Je m'en veux. À présent, laisse-moi. Mon cœur est lourd de larmes que je ne peux verser. Je ne veux ni boire, ni manger. Je n'ai faim et soif que d'une chose impossible : revoir mon fils. Pour une fois, je voudrais que tu puisses être dans le vrai en disant : ne la dérangez pas, elle dort. »

La maîtresse

Quand je dormais sans plus jamais rêver, je me réveillais avec l'impression d'avoir passé la nuit à marcher sans fin, les bras tendus, en tâtonnant dans le noir. Hier soir, je me sentais brisée, et je n'ai même pas le souvenir de m'être endormie. Et soudain, j'ai senti une présence. Quelqu'un était là, tout près de moi, et c'était ma sœur. Je ne comprenais pas comment elle était arrivée, comment elle avait approché sans bruit. Et pourtant, avant même que je ne lui demande pourquoi elle était là, elle m'a parlé.

– Tu dors sans dormir, le cœur ravagé de chagrin. Mais n'aie plus peur : ton fils revient.

– Comment le saurais-tu, toi qui viens de si loin ? Il est parti, le fils de mon amour, et ses ennemis le guettent en embuscade.

– Garde courage ! Il n'est pas seul, Mentès le protégera, et il te reviendra.

– Et celui que j'attends depuis bien plus longtemps, me reviendra-t-il ?

– Est-il mort ou vivant ? Je ne peux rien t'en dire.

Alors je m'éveillai complètement, le cœur partagé.

Dans le noir, j'entends respirer Éri, qui s'est allongée sur une natte et des coussins, pour veiller sur mon sommeil. Je ne lui dis pas que ma sœur est venue cette nuit, avec des paroles auxquelles je ne sais si je peux me fier.

Soudain, un vent violent se lève. De la chambre, nous entendons rouler la mer houleuse. Alors le silence s'emplit de bruits, les chiens se mettant à hurler, les mulets à braire et les coqs à chanter.

– Viens, dis-je à Éri, sortons tous dans la cour.

Et nous le faisons, hommes et femmes, les hommes portant les plus grands des enfants, les femmes portant les plus petits.

Sous un ciel sans lune, la terre vibre, vibre continûment, mais sans à-coups. Elle ondule sous nos pieds, comme une couverture qu'on secoue à quatre mains et que l'on fait claquer afin d'en chasser la poussière. Et dans la nuit, nous entendons le froissement des feuilles des arbres, comme si leurs branches invisibles tentaient de nous alerter d'un danger imminent. Nous nous croirions perdus, perdus dans un maquis si serré que l'œil ne peut le percer, si haut qu'il est impossible de s'y orienter. Mais c'est un maquis de signes, obscurs et inquiétants.

Nous attendons le lever du jour dehors, en plein air, dans le vent et la nuit. Cependant, le jour tarde à venir. Nous somnolons vaguement. Épuisés d'angoisse, nous décidons de rentrer et nous passons le seuil quand soudain, la terre se remet à rouler et presque à serpenter, si violemment que, apeurés, nous courons tous vers la route, loin des murs. Nous sommes à peine sortis qu'une secousse terrible survient, comme un hoquet de bête gigantesque. Nous restons sur place, finissant par dormir à même la terre, dans la nuit qui ne se dissipe pas, dans le vent sauvage qui souffle les lanternes et fouette toujours la mer. Par moments, la terre semble s'apaiser sous nos corps, se rendormir, et nous nous rendormons presque, puis elle vibre de nouveau.

Pourtant, quand le jour se lève enfin, le calme revient.

N'ayant plus envie de dormir, Éri et moi partons ensemble voir ce qui s'est passé au hameau. Nous marchons quand la terre repart à trembler, nous secouant comme des grains d'orge dans un crible. Toute l'île tremble sur ses fondements, telle une chienne qui s'ébroue au sortir de l'eau. Et devant nos yeux écarquillés, tout ce qui nous environne, la terre, les arbres, les champs, les rochers et l'air même, tout devient flou, comme si tout se reflétait sur l'eau troublée et agitée de la rivière. En me retournant, je n'en crois pas mes yeux : au loin, une colline s'affaisse, et une autre colline surgit, mais en fait c'est la même, qui se couche et se relève en un seul ondoiement.

On croirait que la terre éclate comme une grenade trop mûre, dans des claquements de foudre, et des fissures s'ouvrent à deux pas de nous, zébrant le sol. Tandis que la terre se fendille et s'entrouvre à droite et à gauche, nous courons, nous sautons, pour éviter d'y glisser, tâchant de rester sur pied, de peur d'être englouties. En même temps, de gros rochers dévalent de la colline ballottée comme une outre à moitié vide pour venir heurter de plein fouet le tronc des oliviers qui grincent sous le choc, dans le grondement assourdissant montant des profondeurs de la terre, entre les craquements du bois vif et les hurlements des bêtes. Sous nos yeux, au loin, tout un pan de colline plonge dans la mer, faisant lever une immense colonne de poussière blonde qui vient retomber sur nous en un nuage poudreux, se muant aussitôt en brouillard sombre comme la nuit.

Nous restons sur place, hébétées, ne sachant plus que faire ni où tourner nos pas.

Quand enfin le soleil revient, nous courons vers la terre plane, que les racines des oliviers ont maintenue en place. Partout ailleurs, le sol est crevassé comme si le soleil l'avait desséché et brûlé. Mais aucun feu, aucun soleil n'arriverait à cuire la terre pour la craqueler à ce point. Cette vague de destruction doit être venue du large, de la mer qui semble encore bouillonner, avec des vagues brèves et dures. Nous passons devant les sources : la première s'est tarie, la seconde a grossi, mais la fontaine est détruite. Hormis quelques oliviers écrasés par les éboulis, les arbres ont résisté, comme les cabanes en planches, qui sont juste parfois un peu de guingois. Pour la plupart, les gens étaient sortis des maisons, et ils sont indemnes, à l'exception d'une vieille, sûrement morte de peur, le visage crispé dans une grimace, comme un masque. Quelques autres errent, l'air égaré, car ils ont cru devenir fous.

Le lendemain, devant le portail où Éri vient de me quitter pour aller chercher des nouvelles de mon beau-père, on m'apprend qu'il ne reste plus du village sur l'autre versant de la colline que des feux épars, brûlant entre les murs et les poutres des toits effondrés. Quant à mon beau-père, lorsque la terre a tremblé, il est resté là où il faisait sa sieste, tout près de ses vignes. Il en a vu d'autres, à ce qu'il dit. Mais il se désole de voir que ses poires qui n'étaient pas encore mûres sont toutes tombées à terre. Pourtant, par chez nous, les olives sont encore aux branches.

Je pars à la suite d'Éri pour la rattraper. Au tournant de la route, je l'aperçois devant un petit oratoire qu'elle aime bien. On le dit très ancien, et il abrite une pierre votive. Elle n'y passe jamais sans s'arrêter. Une centaine de pas nous séparent. Je marche vers elle, et elle ne bouge pas. J'arrive devant elle, elle ne bouge toujours pas. Elle fixe l'oratoire à demi effondré. La pierre votive a disparu. Je vois qu'elle est bouleversée, et d'abord je me dis qu'elle est vraiment trop superstitieuse. Mais au centre du petit édifice, il y a autre chose, apparemment sorti de terre.

Tout d'abord, je ne comprends pas ce que c'est. Je vois que même si les murs bas et l'auvent tiennent encore, les pierres soutenant l'autel sont tombées de part et d'autre, la dalle de l'autel a disparu, avec la pierre votive. Puis, dans la pénombre, entre les murs et l'auvent de pierre, je distingue un monticule de terre, d'où émerge une forme sombre et ramassée. De prime abord, je crois qu'une bête sauvage s'y est tapie, car personne n'oserait toucher à l'autel. Devant ce fait, comme devant tout mystère, mes pensées vont et viennent, aveuglément, obstinément acharnées à comprendre. Sans même regarder Éri, je la sens terrifiée. Que s'est-il passé ?

Une force, venue de la mer rugissante, s'est ruée sur l'île, vrillant la terre sous nos pieds, éparpillant des blocs énormes, crevassant les sentiers et les champs. Et cette même force a éventré les dalles du petit oratoire, avalé la pierre votive et vomi cette chose noire. Non, ce n'est pas une bête, ni un être vivant. J'avance d'un pas et en me penchant, je pose une main sur la chose. Elle est froide, terreuse. Pourtant, quand mes doigts se referment sur elle, elle ne s'effrite pas ; je la prends à deux mains, et elle me paraît lourde, pour sa petite taille. Elle est simplement noire et dense. En l'effleurant du bout des doigts, je fais tomber la terre toujours humide qui la coiffe encore : dessous, il y a une tête, avec un nez en légère saillie, des yeux et des lèvres à peine ébauchés, et le reste n'est qu'un socle. Sous les yeux clos, la bouche fermée ne sourit pas, elle ne grimace pas. Sa froideur n'est pas celle du marbre, son grain n'est pas celui du granit, son poids n'est pas celui de la pierre. Avec un pan de ma robe, je l'essuie. Au toucher, la chose est lisse, comme si elle avait été longuement polie ; et puis je la sens. Elle est en bois dur et dégage un parfum, mais je ne sais si c'est celui du cèdre ou du thuya, ou d'une autre essence.

Je le dis à Éri, et je la vois rassurée, comme si ces simples mots justifiaient qu'une idole à la face obtuse, sortie de terre par une nuit noire, supplante une pierre votive sur un autel dressé depuis des générations. Je ne lui dis rien de l'idole de bois, qui a son sanctuaire dans la terre qui était la mienne autrefois, où elle est plus vénérée que les dieux invoqués ici, sur cette île. L'idole est ancienne, bien plus ancienne que les dieux d'Éri. Personne ne sait son nom, mais personne ne se risquerait à la négliger. Et pourtant, personne ne s'aviserait de lui adresser des prières ou de lui faire des offrandes. On sait seulement qu'elle était là bien avant nous, depuis des temps immémoriaux, et qu'elle nous survivra. Qu'aurait-elle à faire de prières ou d'offrandes ?

Que présage donc l'idole surgie de terre ici, maculée de nuit, archaïque et forte ? Ah, comment éviter de voir partout des signes ? Sinon, il devient impossible de vivre. Les choses naguère les plus simples semblent parler. Mais comme certains rêves, elles énoncent des augures obscurs.

Éri

« Non, je ne tiens pas à en parler, Eumos. Oui, j'y pense constamment, malgré moi. C'est vrai, l'un des hommes est devenu fou de terreur. Comme les bêtes, les enfants se sont effrayés, mais pour eux, la terre peut trembler, la mer se retirer au loin et puis se ruer sur la côte, sans perturber l'ordre des choses. Tu as raison, l'île a connu d'autres séismes. On raconte même qu'elle serait née d'un séisme. Tu hausses les épaules ? Tu crois que c'est une légende ? Mais…

Mais l'oratoire, Eumos ? Voilà qui sort de l'ordre des choses. Je te l'accorde, il était très ancien. Seulement, il avait toujours tenu jusqu'ici, depuis la nuit des temps.

Comment ça, la nuit des temps est peut-être plus profonde que nous ne le pensions ? Ne joue pas au plus fin, Eumos. Pas quand je tremble au-dedans. Et ne me dis pas que cela ne se voit pas, quand toi, tu l'as senti. Sinon, tu ne me forcerais pas à en parler. Tu ne me forces pas ? Tu m'écoutes juste ? Mais il n'y a pas de différence, Eumos !

Alors, je te le demande : crois-tu qu'il y aurait d'autres dieux que les nôtres ? Plus puissants, plus anciens ? Crois-tu que cette chose noire, presque informe et terreuse aurait été là avant eux, ou viendrait après eux ? »

La maîtresse

Depuis le dernier séisme, j'éprouve une impression étrange. Quand il est survenu, je suis restée ferme, inébranlée intérieurement – même si j'ai eu peur – peur pour l'île, peur de la mer – peur pour toi et Télem en mer et peur pour nous sur terre. Sous nos pieds, la terre roulait sur place, vibrant et trépidant avec un bruit de tornade, ondulant au rythme d'une houle invisible. En cet instant interminable, une part de mon être semble s'être fluidifiée. Désormais, tout m'apparaît en équilibre instable. Comme si chaque être, chaque chose, alors qu'ils sont là, solides devant moi, pouvaient basculer en un sens ou un autre. Le monde entier paraît suspendu en équilibre précaire. Et j'éprouve, comme jamais auparavant, la vérité de ce que tu m'as affirmé avant de me laisser. Il n'est pas impossible de peser en un sens ou un autre pour orienter ou perturber l'ordre des choses et des événements.

Cependant, mes pensées et mes mouvements ne se décident pas seulement en fonction de ce qui m'entoure, ni même du monde visible. Depuis que l'ancienne idole a émergé du sein de la terre, elle a donné plus de poids à mes rêves. Même s'ils me restent obscurs, je m'y fie davantage. Ou plutôt, je mesure que je m'y fie depuis plus longtemps que je n'en avais conscience.

Depuis que je m'étais remise à allonger le drap, j'avais travaillé en imaginant ce qui se passerait quand j'aurais achevé ma toile. Tout en sachant que j'allais vers une impasse, je cherchais déjà à en sortir. Pendant que ceux que j'avais dupés étaient empoissés dans le plaisir de l'instant, englués dans le présent, ma pensée explorait tous les champs du possible, bifurquant sans cesse de l'un aux autres. Reculant sitôt entrevu un obstacle, elle repartait, filant sur une nouvelle piste non frayée, plus prometteuse. Elle rejetait tout ce qui était trop évident, et elle obliquait vers l'inexploré. Là, tout est flou, incertain, risqué. Dans ce temps tremblant, brouillé, elle se glissait pour chercher encore et toujours une issue.

ÉRI

« Eumos, cesse de te plaindre. Un porc de plus ou de moins, cela ne changera pas notre vie. Comment ça, sauf quand ce sera le dernier ? Mais tu as assez de truies, il me semble !

Crois-tu que le maître reviendra pour compter les porcs ?

Il reviendra pour demander des comptes, mais à d'autres. Il verra bien que nous autres, nous aurons fait ce qu'il y avait à faire en son absence. Nous l'avons fait, nous le faisons, nous le ferons, Eumos. La maîtresse nous défendra.

Non, je n'ai pas peur d'elle. Ou plutôt, je n'en ai plus peur. Quand je me suis jetée à ses pieds, j'étais prête à mourir. Mais depuis, elle me regarde autrement. Elle n'est plus la jeune fille que j'ai précédée dans cette maison, ni la femme qu'elle y est devenue, ni la mère qu'elle était jusqu'à présent. Elle est la maîtresse. Comme il est le maître. Et quand ils sont si loin l'un de l'autre dans le temps, cela seul est étrange. »

Le Phénicien

« Si tu es bien Eumos, j'ai à te parler. C'est Mentès le marchand qui m'envoie. Il m'a dit de passer te voir quand j'arriverais à bon port. Pour te dire où en sont les choses, qu'elles aient bien ou mal tourné. Je vais essayer de tout te rapporter. Aussi simplement que possible, sans rien oublier. Pardonne-moi si je m'embrouille ou si je reviens en arrière parfois. Vois-tu, j'ai peu dormi, depuis que nous sommes partis en mer. De plus, ta langue n'est pas la mienne. La veille du départ, Mentès est venu au port. Pour affréter un navire, avec un capitaine fiable. Il a pris le meilleur. Puis il a passé en revue les marins aux longs cheveux qui allaient embarquer. Accroupi à l'ombre, sous l'auvent de la taverne, je le regardais faire. Il avait l'œil, il semblait s'y connaître. Tout d'un coup, il s'est tourné vers moi. D'un signe de tête, il m'a entraîné un peu plus loin.

– Sais-tu aussi ramer ? m'a-t-il dit dans ma propre langue, à peine je le rejoignais.

Je n'ai pas les cheveux longs, mais je suis presque taillé comme un marin. J'ai hoché la tête, étonné. J'avais déjà ramé. Comment a-t-il pu deviner ce que je savais faire d'autre ? Je n'en sais rien. Après tout, j'ai peu de cicatrices. Et je reste toujours calme. J'étais arrivé l'avant-veille dans le port. Et je n'avais guère parlé, commandant simplement par gestes à boire et à manger à la taverne.

– Le capitaine va prendre garde à la mer, et tenir l'équipage, m'a-t-il dit. Toi, tu veilleras sur ce garçon. Tu le ramèneras. Sain et sauf, sur cette île, chez Eumos, quand moi je poursuivrai mon voyage. Tu n'as pas l'air bavard. Parle le moins possible. Que les autres ne se doutent pas que tu comprends bien leur langue. À bord, tu seras mes yeux et mes oreilles. Si tu vois le garçon en danger, agis vite.

Tu es déjà allé en mer, Eumos ? Une fois ? Une seule fois ? Pour venir sur cette île ? Quand tu étais enfant ? À six ans ? Tu étais avec tes parents, non ? Avec une servante ? Elle t'avait enlevé ? Et vendu à des pirates ? Ils t'ont revendu au vieux maître ? Alors, tu ne sais pas comment se passent les choses sur un bateau. En mer, pas besoin de parler. Il suffit de siffler et, à la manœuvre, de crier pour avertir l'autre. Aux yeux des hommes du bord, je n'étais qu'un simple marin. Ils parlaient sans se gêner du jeune homme. Et aussi de sa mère. Depuis quatre ou cinq ans, leur maison avait été envahie d'hommes jeunes. Avides de mettre la main sur cette femme et ses terres. Sur tout ce qu'avait laissé le père, disparu en mer après la guerre, selon eux.

Nous avons traversé la mer. Une fois débarqués, Mentès et Télem sont partis. Quelques jours plus tard, Télem est revenu sans Mentès pour rembarquer. Nous allions bientôt quitter la terre ferme. Accoudé au bordage, j'ai vu approcher un étranger. Ses pieds étaient blanchis par la poussière de la route. Comme s'il marchait depuis longtemps. Mais venait-il vraiment de loin ? Eumos, tu m'as l'air d'un brave homme. Peut-être n'aurais-tu pas pensé comme moi. Vois-tu, moi, je me méfiais. Mentès m'avait laissé entendre que le garçon pourrait être en danger. Je ne pensais qu'à le protéger. Sache comment j'ai réussi à survivre jusqu'ici, surtout en pays étranger : pas par simple chance. Mais d'abord, en me servant de mes yeux. Et aussi, en n'avalant pas tout ce qu'on me dit. Télem était sur la grève, du côté de la poupe. L'étranger au regard perçant est allé droit sur lui. Droit sur le plus jeune de ceux qui allaient monter à bord. Aussitôt, je m'en suis méfié.

– Quel est ton nom, ta patrie, ta ville, et ta race ? a-t-il demandé au garçon. (Vous autres, vous avez coutume de vous livrer ainsi au premier venu. Nous autres, nous sommes plus prudents.)

– Je viens de tel lieu, je suis fils d'un tel, qui est sans doute mort, a répondu Télem. (Pour moi, il parlait trop.) Je suis venu ici chercher de ses nouvelles. Et je repars ignorant encore s'il est mort ou vivant.

– J'ai dû fuir, moi aussi, a dit l'autre. (Pourquoi lui dire ça ? D'où tenait-il que le garçon avait dû fuir ?) Car j'ai tué un homme, et les siens me traquent. Prends-moi à ton bord, sauve-moi !

– Comment te le refuser ? a répondu Télem. Je t'emmène, et je ferai tout pour t'accueillir chez nous. (Sans doute exactement ce que l'autre espérait.)

Grimpant à bord, Télem lui a tendu la main pour le faire embarquer. Puis il nous a fait signe, à nous, les marins, de passer aux manœuvres. On a largué les amarres, dressé le mât et tendu les voiles, en tirant les lisses de cuir.

Déjà, l'ombre emplissait les rues de la ville, et le soleil se couchait. On a pris le large. Le navire a filé sur la mer, s'éloignant de la plage qui restait pâle dans la nuit. Tout s'était passé très vite. Trop vite pour que je puisse empêcher l'étranger d'embarquer, quitte à le chasser ou le tuer. Mais je pourrais au moins le surveiller de loin. À son insu.

Tant d'actions peuvent s'avérer mortelles sur un bateau ! Dans le silence de la nuit, les rameurs s'endorment sur leur banc, les marins s'affalent sur les cordages enroulés, à même le pont. Rien de plus facile que de pousser un homme à l'eau. Le jour, l'étranger n'oserait sûrement rien tenter. Mais la nuit, je ne pourrai fermer l'œil. On avait mis à la voile quand il faisait encore chaud à terre. Le pont avait été arrosé d'eau de mer, mais il restait chaud sous les pieds. En mer, l'air n'a pas fraîchi. Aussi j'avais peur de m'endormir.

Télem s'est assis à la poupe. Il a fait asseoir près de lui l'étranger. Puis il lui a demandé son nom.

– Théo, dit l'autre, sans ajouter un mot de plus.

Craignait-il de se livrer ? Était-il à court d'invention ? Avait-il vraiment tué un homme ? Devait-il absolument fuir ? Que venait-il faire à bord ?

Pieds nus sur le pont, je m'étais approché d'eux sans bruit. Pour les épier. Et au besoin, pour défendre Télem. Lui restait silencieux. Peut-être se posait-il les mêmes questions que moi ?

– Je veux bien t'aider, dit-il soudain. Mais je crains de t'entraîner vers la mort avec moi.

– Il n'est plus temps de t'en inquiéter, dit Théo.

En l'entendant, j'ai failli bondir sur lui.

– Si en fuyant mes poursuivants, ajouta-t-il, je tombe sous d'autres coups, j'aurai du moins savouré cette nuit en mer en ta compagnie.

Soulagé, j'ai relâché mes muscles. Mais pas mon attention. Voilà sans doute pourquoi chaque mot échangé entre eux par la suite s'est gravé dans ma mémoire. Mais tu as les larmes aux yeux ! Pardonne-moi, toi qui m'accueilles, je suis une brute. Je parle lentement, à mon rythme, pour tout te rapporter sans rien omettre. Mais j'aurais dû commencer par te le dire : je n'apporte que de bonnes nouvelles. Le garçon est toujours en vie. Il est hors de danger. Il n'a pas besoin de savoir que j'étais chargé de le surveiller et de le protéger. Je l'ai simplement précédé pour tout te rapporter. J'obéis en tout à Mentès.

Vois-tu, en l'écoutant dans la nuit, j'ai compris une chose. Télem n'avait sans doute encore jamais pu parler à un homme comme il a parlé à celui-là. Et pourtant, n'oublie pas : pour lui, c'était un parfait étranger. La nuit lui a sans doute ouvert la bouche. Par moments, il semblait réfléchir à voix haute. L'autre le laissait faire. Il l'écoutait calmement, sans le brusquer. Même quand il se taisait longuement.

– Je suis parti de chez moi, a-t-il enfin dit, doutant d'être le fils de mon père, et redoutant qu'il ne soit déjà mort. Mon père est parti depuis longtemps, trop longtemps. Si longtemps que je ne l'ai pas connu. Je suis venu ici pour rencontrer Ménel. *C'est lui! Le voilà!* s'est-il écrié en me voyant devant lui. Il croyait voir mon père tel qu'il l'avait connu, tant je lui ressemble. Tous le disent, à commencer par ma mère. Moi, je crois me souvenir des mains qui me portaient, des yeux qui me regardaient. Et je me dis : c'étaient ceux de mon père. Et ma mère dit : *C'était ton père.* Et parfois, quand j'agis de telle ou telle façon, elle me dit : *Tel était ton père.* Et d'autres disent : *C'est bien le fils de son père.* Enfant, je les croyais. Mais j'ai grandi. Puis-je encore les croire? J'ai peut-être ses mains, ses pieds, ses cheveux et ses yeux. Mais de lui, je n'ai rien eu d'autre. Je le sais : peu de fils peuvent égaler leur père. Et comment égaler un père tel que lui? Quel fils en serait capable? D'ailleurs, qui pourrait faire face à tout ce qui nous accable, ma mère, ceux que j'aime et moi? Il ne suffirait pas d'égaler mon père. Il faudrait le surpasser. Comment en serais-je capable?

Moi, j'ai grandi entre des femmes : Éri, ma mère, et les filles qui travaillent chez nous.

Et puis un jour, des hommes sont arrivés, d'abord pour prendre des nouvelles de mon père. Puis ils sont revenus, de plus en plus souvent. À présent, c'est tout juste s'ils rentrent dormir chez eux tard dans la nuit. Vers la fin de l'après-midi, ils passent le mur d'enceinte, ils s'installent dans la cour, ils jouent aux dés, ils boivent, ils parlent fort, ils rient plus fort encore. Ils ne font pas grand-chose d'autre jusqu'à l'heure où une servante vient verser sur leurs mains de l'eau fraîche. Et quand d'autres servantes ont dressé les tables à l'intérieur, ils s'assoient devant les corbeilles pleines de pain frais, impatients de boire notre vin. Ils saisissent à pleines mains les grillades, et ils y mordent à belles dents.

Au début, j'étais content d'être parmi eux. C'étaient des hommes, des hommes jeunes et forts. Et moi, je n'étais encore qu'un enfant, un enfant timide. Quand l'un d'eux m'a caressé la joue, les autres ont éclaté de rire. Alors Éri m'a appelé auprès d'elle. Je lui ai vite obéi. Mais ils se sont tant moqués de moi que la fois suivante, quand elle m'a à nouveau appelé, je ne lui ai plus obéi. Ils riaient beaucoup. Et quand ils riaient, j'aurais voulu rire avec eux, même si je ne comprenais pas de quoi ils riaient. Ils m'ont fait une place parmi eux, à table, en me poussant à manger avec eux. Et moi, j'ai mangé, sans comprendre que je mangeais mon propre pain, mon propre bien. Je n'étais qu'un enfant stupide.

Et puis, en moins d'une saison, j'ai grandi. J'aimais Éri, qui s'était toujours occupée de moi. Mais j'adorais Méla, qui était bien plus jeune et très jolie, et j'étais attaché à elle comme un petit chien. Du jour au lendemain, je me suis mis à rougir en la voyant, et je n'ai plus osé l'approcher. Puis un soir, je l'ai vue dans la pénombre se laisser enlacer par l'un d'eux. Lequel, je ne sais pas. Mais j'ai entendu ce qu'ils se disaient. *Ce n'est qu'un garçon*, a dit Méla en se collant à lui et en riant, *je préfère un homme*. L'homme a répondu : *Si aucun de nous ne l'emporte, il sera peut-être bientôt seul maître ici. Séduis-le tant qu'il est garçon, et tâche de rester son amante.*

Comme si mes yeux s'étaient ouverts, et mes oreilles débouchées, j'ai compris qu'ils parlaient de moi. Et de ce qui nous attendait. Ni cet homme ni aucun des autres ne tenait à voir revenir mon père. Seules trois choses les intéressaient : manger et boire à nos dépens, séduire ma mère et s'emparer de notre domaine. Ils s'étaient déjà attaché Méla et d'autres servantes. Et j'ai commencé à me demander : comment serais-je de taille à lutter contre eux ? Où trouver en moi l'énergie de le faire ?

J'ai enfin compris ce qu'ils veulent. Quant à ma mère, je ne sais toujours pas ce qu'elle veut. Elle attend, elle attend, elle attend… Mais attend-elle encore mon père ? Je finis par en douter, et je crois que ces hommes en doutent aussi.

Et puis, il y a deux semaines, un homme est venu. C'était Mentès, un marchand, fils d'un ami de mes grands-parents. Lui aussi, il m'a dit que j'étais le vivant portrait de mon père. Et c'est là qu'il m'a fait honte, en me disant que je n'étais plus un enfant, pour tolérer ces gens chez moi.

Aussi, à la première occasion, j'ai voulu parler en maître. Pour une fois, la maison était calme, car nous écoutions Fémio. Il évoquait les ravages de dix années de guerre interminable, et tous les hommes disparus : ceux qui n'avaient survécu au combat que pour trouver la mort au cours de leur retour au pays – ou, pire encore, au terme de leur retour. Nous l'écoutions tous, et moi le premier, car il raconte bien. Et j'espérais apprendre de lui quelque chose sur mon père.

Ma mère est apparue entre deux de ses servantes. Elle s'est arrêtée à quelques pas de nous et elle a relevé haut la tête. *Tais-toi*, a-t-elle dit à Fémio d'une voix pleine de larmes, en ramenant sur ses joues ses voiles éclatants. *Tais-toi, ou évoque autre chose – autre chose que le retour des guerriers. Tais-toi, dans la maison de celui qui ne m'est pas encore revenu, car tu me brises le cœur.*

Elle qui accueille avec empressement tout étranger de passage, en espérant en tirer des nouvelles de l'absent, elle refusait d'en entendre davantage de Fémio.

Devant tant d'inconséquence, je me suis emporté. *Pourquoi t'en prendre à Fémio ?* ai-je dit à ma mère. *Les aventures qu'il évoque, il n'y a pas pris part, il n'en est pas coupable. Ne les lui reproche pas. Ce ne sont certes pas les histoires anciennes que nous avons coutume d'évoquer, mais elles nous touchent même plus, elles nous touchent de près. Ces histoires sont aussi celles de mon père. Ces histoires sont aussi les nôtres. Bien des hommes ne sont pas revenus. Qui sait s'ils reviendront jamais ? Sous prétexte que mon père n'est toujours pas revenu, faut-il se murer dans le silence ? Résigne-toi à écouter Fémio. Ou, si cela t'est trop pénible, retourne dans le quartier des femmes. Ici, parler revient aux hommes, et tout d'abord à moi, qui suis maître en ces lieux.*

Oui, je le reconnais : pour la première fois, j'ai élevé la voix, j'ai parlé en homme dans la maison de mon père. Et j'ai imposé silence à ma mère. Mentès m'a poussé à parler, mais je ne le lui reproche pas. Je l'ai fait, il en était grand temps.

Mais tu vas voir combien ma mère est femme étrange. Elle aurait pu se sentir insultée. Elle aurait pu en être contrariée. Non, elle s'est montrée plus inconséquente encore que je ne le croyais. Sans me contredire, elle a tourné les talons. Dans ce mouvement, ses voiles se sont écartés. Et j'ai vu sur ses lèvres un sourire qui n'avait rien d'amer.

De quoi souriait-elle ? Pourquoi souriait-elle ? Parce que tous la dévoraient des yeux ? Moi excepté, chacun d'eux, jusqu'au dernier, n'avait qu'un même désir : être couché près d'elle. Mais quel désir l'emportait en son cœur à elle ? Celui de protéger son fils et sa maison ? Ou celui d'accepter la main de l'homme qui saurait la combler de présents ? Ce sourire, l'avait-elle adressé à l'un d'entre eux ? Si c'était le cas, je n'avais pas vu à qui. N'empêche qu'elle souriait.

Ne trouves-tu pas son attitude incompréhensible ? Moi, je ne la comprends pas.

À la vague clarté de la lune, moi, El Bahari, je vis luire l'éclat blanc des dents de l'étranger. Il souriait.

– Ce n'est pas à un fils de comprendre sa mère, dit-il. Comment le pourrais-tu ? Tu es bien trop proche d'elle. Voici ce qui importe davantage : elle, elle t'a compris. Elle t'a d'abord vu chercher un homme parmi cette meute de chiens, et ne pas en trouver un seul. Elle a vu ton désarroi, puis elle a senti ton impatience quand tu as grandi. Elle aurait pu te confier ce qu'elle avait en tête. Pourtant elle a encore attendu.

– Mais quoi ? Qu'attend-elle ?

– Elle n'attend rien des autres. Elle attend. Dans toutes les îles environnantes, dans tous les rivages proches, tous le savent : elle attend. Les gens en parlent, ils se demandent si elle tiendra encore longtemps et comment tout cela finira. La plupart l'admirent. Mais qui la comprend ? Tu m'interroges, et si tu veux vraiment de moi une réponse, je peux tenter d'en trouver une. Auparavant, laisse-moi te dire deux choses. J'ai parfois vu au-delà des actes et des faits. Et ce que j'ai vu, j'ai appris à ne pas le révéler inconsidérément. L'expérience me l'a montré : il peut s'avérer dangereux de voir au-delà des apparences.

– Serais-tu voyant ?

– Ne t'inquiète pas, je suis un homme comme les autres. Parfois, j'ai jugé nécessaire de démasquer certains agissements, voilà tout. L'homme que j'ai tué s'en était pris à moi parce que j'avais voulu l'empêcher de nuire à d'autres. Voilà pourquoi je dois fuir. Je comptais te l'expliquer, quitte à te paraître moins mystérieux, moins redoutable, moins prestigieux. Mais revenons à ce que tu voudrais savoir : comment comprendre cet énigmatique sourire ? C'est chose impossible sans distinguer la légende qui entoure ta mère de la réalité où elle se débat. Je crois comprendre ta mère, moi qui ne la connais pas. Laisse-moi parler. Tu me diras si j'ai tort. Mais ne m'arrête pas en chemin, laisse-moi aller au bout de ma pensée. Si j'ai fait fausse route, tu m'expliqueras pourquoi, quand j'en aurai fini.

Sans doute le sais-tu, Eumos : bien des gens ne mesurent pas la valeur de la parole. Parler ne leur coûte rien. Et souvent, ils ne savent ni écouter, ni se taire. Cet homme étrange me semblait pétri de contradictions. Il se refusait à éblouir un tout jeune homme en posant au devin, et c'était à son honneur. Mais il prétendait comprendre les ressorts secrets poussant à sourire une femme qu'il n'avait jamais vue ? Il me semblait plus dangereux encore que je ne l'avais craint de prime abord.

– Chacun le sait : ton père parti, elle s'est retrouvée seule, avec un fils trop jeune pour se défendre. Jusqu'à présent, elle l'a protégé de son mieux. Preuve en est : tu es encore vivant. Crois-moi, il est facile de tuer un homme. Et plus facile encore de tuer un enfant. Le pousser dans un escalier, l'attirer dans une rivière, le vendre même à des pirates… Sois-en sûr : tous ceux qui ont envahi votre domaine y ont pensé. Et ta mère y a sûrement pensé avant eux, avant même de les voir arriver. Depuis ton enfance, les femmes qui t'entouraient n'étaient pas là pour te dorloter ; si j'en crois la rumeur, deux au moins étaient là pour te défendre. Mais, comme je te l'ai dit, tu es encore vivant, et tu as grandi. Dès lors, il ne suffit plus de te protéger. Quand ces intrus sont arrivés chez vous, tu n'étais encore qu'un enfant. Fasciné par leur force juvénile et leurs rires sonores, tu t'es rapproché d'eux. Et je suppose que ta mère t'a laissé faire. Loin d'intervenir, d'interdire ou de menacer, elle t'a laissé libre. Sans doute dans l'espoir de te voir un jour t'éloigner de ces hommes de ton propre chef, quand tu aurais compris à qui tu avais affaire. Peut-être sont-ils venus poussés par le désir de la séduire. Désormais, leur désir n'est plus que le masque de l'avidité, même s'ils le nieraient. Ta mère a patienté, et le jour qu'elle attendait est arrivé. Tes yeux se sont ouverts, tu t'es écarté de ces chiens ; elle avait parié sur toi une première fois, elle a gagné.

– Mais pourquoi dis-tu : une première fois ? Y en a-t-il eu d'autres, après ? Y en aura-t-il d'autres, bientôt ?

– Il y en a forcément déjà d'autres. Tant que tu étais enfant, tu étais vulnérable. Aujourd'hui, tu n'es plus enfant, et tu es plus menacé encore. Tu as osé parler. Sauras-tu apprendre à te défendre ? En tout cas, ta mère le voudrait. Elle l'espère même sûrement, quand, pour la première fois, tu élèves la voix dans ta propre maison. Ta voix n'est plus celle d'un enfant, tes mots ne sont plus ceux d'un enfant. Tu as mué. Ne peut-elle s'en réjouir, derrière ses voiles ? Tu lui as lancé des paroles brutales et blessantes. Elle a pu sourire du ton que tu employais. Mais il y a sans doute d'autres raisons à ce sourire. Vois-tu, les paroles ne visent pas et n'atteignent pas forcément ceux à qui elles semblent être adressées. Au fond, peu importe à ta mère que tu lui dises une chose blessante. Enfin, tu parles en homme devant d'autres hommes. Pressé d'agir par Mentès, tu es allé au plus court. À la première occasion, que fais-tu ? Permets-moi de te le dire : nous nous connaissons à peine, tu me parles comme tu parlerais à un ami. Si tu m'interroges, laisse-moi te répondre en ami. N'oublie pas que je ne connais pas ta mère, sinon à travers ce qui se dit d'elle, et de sa ténacité. Je peux me tromper. Mais pense que cette distance me permet peut-être d'y voir clair. Quand nous toucherons terre, je t'aiderai, si tu le veux. Tout comme tu m'aides en cette nuit, en me permettant d'échapper à la mort. Si tu préfères que j'aille mon chemin et que j'oublie tout ce que tu m'auras confié, tu n'auras qu'à me le dire, et j'oublierai. En attendant, je vais te répondre, et ne m'en veux pas d'être franc. Ta mère demande à Fémio de se taire et toi, tu lui imposes silence, à elle. Mais au nom de quoi ? Parce que tu t'es décidé à parler en maître ? Pour parler en maître, il faut pouvoir agir comme tel. Or tu le dis toi-même, tu ne te sens pas assez assuré pour agir. Quand on n'est pas en mesure d'agir, oser parler revient à s'exposer. Je sais, je sais : Mentès t'y a poussé. Il avait ses raisons, sans doute. Toujours est-il que tu t'es exposé. Tu le découvres ? Mais exposé, tu l'es depuis longtemps, depuis que ton père est parti. Ta mère savait à quel point tu l'étais, quand tu ne t'en doutais pas toi-même. Là, une chose a changé : tu as choisi de l'être. Je connais les grandes maisons comme la tienne. Vivre en ces lieux, c'est vivre dans un espace piégé. Tout y résonne, les paroles comme les silences. Les paroles des intrus ne sont que cris et bruit. Les silences de ta mère résonnent bien plus profondément. Voici comment je les entends. Elle refuse de répondre aux demandes des intrus. Jusqu'à présent, à qui pouvait-elle parler ? Pas à ses beaux-parents. Chacun le sait : sa belle-mère s'est laissée mourir, son beau-père ne vaut guère mieux. Ta mère s'est refusée à charger un esprit d'enfant des pensées qu'elle brasse en son for intérieur. Peut-être se fie-t-elle à la femme qui vous a élevés, ton père et toi. Mais je doute qu'elles puissent se parler librement. Autour d'elles deux, les autres sont aux aguets, et ont gagné à leur cause une Méla. Ta mère s'enferme donc dans le silence, et dans l'attente. Mais elle n'attend pas que le retour de ton père. Elle attend aussi de toi quelque chose. Comme elle, tu te taisais. Enfin, tu parles. Et cela change tout, pour toi comme pour elle. Désormais, ta mère n'a plus la charge de son enfant. Aura-t-elle l'allié qu'elle espérait trouver en toi ? Or, la première fois qu'il ouvre la bouche, son fils choisit de la sermonner, de lui dire de se reprendre, et d'écouter sans pleurer l'histoire de sa vie. Au nom de quoi ? De la nouveauté de la chose ? Parce que cette histoire est plus neuve, plus palpitante, plus touchante que de vieilles légendes ? Quand elle demande le silence, tu préfères entendre célébrer la guerre et la mort. Ta mère souffre, et tu lui parles d'art. Elle pourrait en rire ou en pleurer, et te reprocher ton insensibilité. Mais – étrangement, j'en conviens – elle ne le fait pas, elle se tait. Pourtant, en son cœur, elle ne peut s'empêcher de sourire. Et franchement, ce sourire ne me paraît pas si énigmatique. Ta mère doit retourner dans le quartier des femmes. Là, elle peut verser de nouvelles larmes, pas des larmes d'amertume, mais des larmes de soulagement. Devines-tu pourquoi ?

– Serait-elle soulagée par ce qui m'accable ? Après cet éclat, j'ai exigé en vain des intrus qu'ils quittent ma maison. Le lendemain, je suis allé chercher un soutien à l'Assemblée, mais devant le peuple, l'un des intrus m'a mis en demeure de leur livrer ma mère ou de la renvoyer chez son père. Voilà pourquoi je suis parti. J'ai demandé aux Anciens de me fournir un bateau et des rameurs, mais personne ne m'a aidé, sauf Mentès, qui m'a rejoint en secret ensuite. Il m'a promis ce que je voulais, en me conseillant de rentrer chez moi et de fuir à la faveur de la nuit. J'ai cru ouvrir une porte, et je me retrouve sur une sorte de seuil. Cette porte ne débouche sur rien. J'étais parti à la recherche de mon père, et je n'ai trouvé qu'un passé qui reste obscur, et un avenir qui m'effraie.

– Tu n'as pas tort : pour la première fois de ta vie, tu es sorti de l'enfance, et par ce seuil, tu entres dans le temps. Là où ta mère espérait te voir arriver. Mais elle, elle n'est pas exactement là. Le présent lui répugne, tu t'en doutes. Et elle se refuse à trouver refuge dans le passé. Je crois qu'elle fait comme ton père : elle navigue à sa façon, comme s'il l'avait attirée dans son sillage. Ton père peut se trouver n'importe où, sur une mer ou une île inconnue, libre ou prisonnier, vivant ou mort. Qui le saurait ? Ta mère, par force, est restée dans votre île. Où pourrait-elle aller ? Nulle part, sauf dans le temps.

– N'y sommes-nous pas tous ?

– Pas de la même façon. La plupart des gens vivent dans l'instant. En faisant effort, ils peuvent aller jusqu'à se figurer l'heure prochaine, le jour prochain, l'année prochaine. Mais seulement sous des couleurs qui leur plaisent. La plupart rechignent à imaginer le pire. Ils ne veulent pas tirer d'enseignement du passé, ni voir les choses telles qu'elles sont. Ta mère n'est pas ainsi.

– Comment peux-tu le deviner ?

– Je ne devine jamais. Mais quand je rencontre un esprit semblable au mien, je le reconnais. Jusqu'à présent, je n'avais pas entendu parler de femme pensant ainsi. Je t'ai dit pourquoi je dois fuir. Parce que j'ai compris, à la lumière du passé, ce que tramait un homme, bien avant qu'il ne le fasse. Ta mère s'efforce de comprendre ce qui se trame autour d'elle, et elle ne peut le faire sans aller et venir dans le temps. Tous ceux qui ont appris, de près ou de loin, ce qu'a fait ta mère le savent : par une ruse, un acharnement et un labeur infinis, elle a réussi l'impossible. Elle a retenu, endigué, immobilisé le temps. Jusqu'à ce jour, jusqu'à cet instant, où tu as élevé la voix. Eh bien, il me semble que là, le temps s'est enfin remis en branle. Enfin, elle a trouvé un allié. N'a-t-elle pas lieu de sourire? Qu'en penses-tu? Aurais-je raison? Si tu es de cet avis, pose-toi cette question : lui feras-tu défaut? Persisteras-tu à la voir avec les yeux des autres, à l'entendre avec les oreilles des autres?

– Crois-tu que je ne sache pas entendre?

– Tous ne savent pas entendre. Peu savent écouter. Tu peux entendre ceux qui parlent. Mais ne t'entête pas à les entendre avec ton cœur d'enfant. Mentès a raison : enfant, tu n'en es plus un, et aucun des hommes dangereux qui t'entourent ne te pardonnera d'avoir grandi.

En l'entendant parler de son cœur d'enfant, Télem a relevé la tête, piqué au vif. Moi, j'étais à nouveau sur mes gardes. En écoutant Télem, l'étranger semblait avoir tout deviné. Tout ce qui s'était passé depuis des années, autour de lui et en lui. Et même la bataille que les uns et les autres s'étaient livrée autour du garçon, à travers lui. Qui pouvait dire si l'étranger se trompait ou pas? Certainement pas moi. Mais tout ce qu'il avait dit avait une logique. Et moi qui étais adulte et qui avais couru les mers, j'étais séduit par cette logique. Comment un tout jeune homme ne l'aurait-il pas été? Cet homme-là, me dis-je, sait ouvrir un esprit comme on ouvre une grenade. Connais-tu ce fruit? Il est rond, il remplit la main d'un homme. Sa peau mordorée est presque aussi épaisse que le cuir. Elle cache dans des logettes amères une multitude de grains rouges, translucides et gorgés de jus sucré. Mais le fruit est difficile à ouvrir proprement. C'est une chose qu'on sait faire ou pas. Si on sait, on ne perd pas un grain du fruit ni une goutte de suc. Bientôt, l'étranger n'aurait plus qu'à choisir quelle question lui poser pour ouvrir le fruit de son esprit. Mais pourquoi prenait-il cette peine ? Que comptait-il en tirer ? Tant de finesse m'éblouissait et m'alarmait. L'étranger pouvait aider le garçon à grandir. Il pouvait aussi le renfoncer dans l'enfance. Serait-il envoyé par ceux qui menaçaient sa mère ? Voulait-il faire pire que le tuer ? L'asservir pour, ensuite, le manœuvrer à sa guise ? Toute envie de dormir m'avait quitté. J'avais à nouveau peur pour Télem. L'étranger attendait qu'il lui réponde. Mais il ne dit rien et rebaissa la tête.

– Ta mère est une femme qui mesure ses paroles. Si tu veux la comprendre, ne t'arrête pas à ce qu'elle dit. Sache entendre ce qu'elle tait.

– Je te dis que je sais entendre.

– Qu'as-tu entendu récemment qui vaille la peine d'être répété ?

– Eh bien... la femme de Ménel, qui est cousine de ma mère, m'a parlé de mon père. Elle m'a dit combien elle l'avait aidé durant la guerre, et soutenu dans ses plans, car il était son ami.

– Elle a dit cela ? Il est vrai qu'elle ne manque pas d'amis parmi les hommes, mais je doute que ton père soit du nombre. En quoi l'a-t-elle aidé ?

– Il est entré dans la ville assiégée déguisé en mendiant, et elle seule l'a reconnu. Il a examiné la ville, et vu qu'elle était imprenable par la force. Il a donc opté pour la ruse. Et elle lui a fait dire laquelle. Puis il est reparti en laissant derrière lui un carnage, et toutes les femmes en pleurs, et elle seule avec la joie au cœur.

– C'est ce qu'elle a dit ?

– Pourquoi ris-tu ? Ménel n'a pas ri, lui. Il savait bien de quoi elle parlait. Il sait de quoi est capable sa femme. Après tout, il était là : tous les chefs étaient tapis dans le cheval de bois, et elle est venue en faire le tour par trois fois, en appelant chacun par son nom, et en imitant…

– Pourquoi t'arrêter là ? En imitant quoi ?

– Pour chacun, la voix de sa propre femme !

– Toujours avec la joie au cœur ? Par trois fois ? Pour chacun ? Et que s'est-il passé ?

– L'un d'eux a failli s'y laisser prendre, mais mon père lui a plaqué ses deux mains sur la bouche ; en faisant cela, il les a tous sauvés.

– Sauvés de l'aide de son amie ?

– Tu peux rire ! Je te le répète, je sais entendre ! Mais je le reconnais : en te rapportant ses propres paroles, et sans y rien changer, je ne vois plus les choses comme elle les présentait. Pourtant, Ménel lui a bien dit : *Comme tu dis juste, ma femme !*

– Mais toi, qu'en penses-tu ? Je sens que tu te troubles. Dit-elle juste ? Pèse bien chacun des mots de Ménel. La vérité de ce qu'elle dit doit se mesurer à sa valeur d'épouse. Est-elle sa femme ? Quelle femme a-t-elle été pour lui ? Une femme qui l'a abandonné, avec sa petite fille, pour suivre un autre homme. Et quand cet homme a été tué, elle est passée dans le lit de son frère. C'est la coutume, là-bas, sur les terres dont le commerce du safran a fait la richesse et la ruine. Puis, lorsque le frère a été tué, avec tous les hommes de son camp et que la ville est tombée, elle est revenue dans le lit de son mari. Voilà qui est sa femme. Mais tu l'as compris par toi-même, non, en te remémorant à l'instant ce qu'elle avait dit ? Pourquoi n'avais-tu pu le faire avant ?

– Pourquoi ? Parce que je l'avais crue sur parole ?

– Tu l'as crue, en pensant que son propre mari la croyait, comme ta mère croit en ton père, et comme lui-même croit en elle. Ta mère croit assez en lui pour l'attendre encore, ton père a assez cru en elle pour penser qu'elle le ferait. Mais Ménel et sa femme ne sont pas liés ainsi. Sur le moment, tu n'as pas saisi l'amère ironie des paroles de Ménel. Cependant, du seuil où tu te trouves à présent, tu as fait retour dans le temps, et repesé les paroles et les actes de chacun. Eh bien, tu as fait là ce que j'essaie de faire de mon côté, pour tenter de comprendre ta mère. Comme tu le vois, il n'est pas nécessaire d'être voyant. Mais il est souhaitable de ne pas être ébloui. Et je crains que la femme de Ménel ne t'ait ébloui. Qu'a-t-elle fait d'autre ?

– Elle nous a versé un vin corsé d'aromates puissants, un vin qui apaise en tout homme douleur et colère, et l'empêche de verser une larme quand bien même père et mère seraient tués sous ses yeux. Elle l'a dit elle-même, en nous le versant. J'en ai bu, et tu peux me croire : cette femme est magicienne !

– Tu l'as dit. Mais vois-tu, elle ne peut faire sa magie sans vin, sans aromates, sans drogue et sans discours. Elle aime séduire. Elle aime parler pour briller. Elle sait faire illusion quelque temps, mais l'illusion ne dure pas. Hors du cercle enchanté de sa présence, ses paroles se révèlent pour ce qu'elles sont : un chatoyant tissu de mensonges sans épaisseur, au travers desquels on voit vite. Tu les as entendus hier, et tu n'y crois déjà plus. Crois-tu que cette femme aurait pu tenir vingt ans, en résistant en silence ? Un seul homme mérite une femme d'une telle ténacité.

– Tu as raison. Grâce à toi, je commence à comprendre ma mère. Mais je crois que je ne comprendrai jamais mon père. Et je redoute de le connaître autant que je le désire, s'il revient un jour.

– Et pourquoi ?

– Je n'avais pas mesuré la duplicité de la femme de Ménel. De l'avis de tous, mon père est infiniment plus retors. Que pensera-t-il de moi, qui suis si naïf ? Par chance, Mentès est venu à moi. Je comprends à présent pourquoi. Pour me tirer du monde transparent et lumineux de l'enfance, où ma mère, Éri et d'autres m'avaient enfermé, avec les meilleures intentions au cœur. Le monde où nous sommes est un monde d'ombres, de menaces, de traîtrises. Ma mère y a survécu jusqu'à présent, et il m'aura fallu partir à la recherche de mon père et te rencontrer par hasard pour me rendre compte qu'elle a besoin de moi. Mais quelle aide pourrais-je lui apporter ? Dans un milieu aussi dangereux que la mer où nous filons dans la nuit, il lui faudrait plutôt à ses côtés l'homme surnommé le Poulpe.

– N'en dis pas plus. Je sais qui est cet homme. Un homme capable d'entrer et de ressortir vivant d'une ville assiégée en se faisant passer pour un simple mendiant. Son nom est ruse. Crois-moi, il y a force et force. Si la simple force suffisait à vaincre, l'équilibre imposé par la brutalité n'aurait pas été bouleversé depuis la nuit des temps. La ville du safran serait encore debout. Alors que le sang d'innombrables guerriers ennemis avait été versé en vain pour en venir à bout, la finesse d'un seul homme l'a abattue. Si redoutable que soit la force brute, elle n'égale ni la sagacité d'un esprit comme celui de ton père, ni la résistance d'un cœur comme celui de ta mère. Aussi, ne redoute pas le père qu'elle a choisi pour toi. Garde espoir qu'il revienne, car son endurance n'a pas de limites. Mais sache que s'il revient, il ne pourra le faire à découvert.

Sur ces paroles, ils se sont endormis sur le pont. Et moi aussi.

Quand le jour nous a réveillés, l'air fraîchissait à peine sur la mer. En veillant à la manœuvre, et en venant à pied jusqu'à ta cabane, je n'ai cessé de rouler dans mon esprit tout ce qu'ils se sont dit. Et je suis heureux de n'avoir pas tué Théo avant qu'il n'ait ouvert l'esprit de Télem.

Je t'ai tout dit, et même mon nom, je crois, qui m'a échappé. Toi, tu m'as dit que l'esclave qui t'avait enlevé et vendu était phénicienne, comme moi. Quand tu le verras, dis à Mentès que j'ai tenu parole. Nous autres Phéniciens, nous aimons le commerce, le commerce des choses et des hommes. L'or qu'il nous rapporte nous permet de sillonner les mers et les terres, même si cette richesse et cette liberté nous valent parfois la haine de ceux qui sont attachés à leur terre sans espoir de s'en échapper. Mais garde l'or que Mentès t'a donné pour moi. Nous autres Phéniciens, nous aimons aussi les histoires qui nous sont contées, et plus encore, celles que nous pouvons vivre. »

La maîtresse

Aujourd'hui, mon chagrin et mon angoisse se sont un peu allégés. Le rêve où ma sœur m'a parlé y est pour quelque chose. Même si c'est absurde, il m'a un peu rassurée. Mais il y a plus. Tout en frémissant à l'idée de savoir mon fils au loin, en mer, et guetté par des hommes embusqués dans la passe et prêts à le tuer, je le sens pourtant : il fallait qu'il parte, et de son propre chef. Il est parti loin de moi, loin de cette maison tenue par des femmes, et attaquée par des hommes qui ont osé réclamer sa mère pour femme devant le peuple, mais il n'est pas parti par peur. J'avais tant attendu de lui une parole, un geste, un acte qui me prouve qu'il n'avait pas été gagné par la veulerie de ces chiens, qu'il ne chasserait pas avec la meute. Il avait enfin parlé haut et fort, et ses premières paroles d'homme m'avaient causé tant de joie que je n'avais pu réprimer un sourire. Depuis, aurait-il compris le pourquoi de mes actes ? Quand j'avais dit à Éri qu'il allait vers le passé, en partant à la recherche de son père, je le pensais. Aujourd'hui, je pense différemment. Serait-il aussi parti vers lui-même ?

Éri aurait-elle eu plus de clairvoyance et plus de courage que moi ?

Mais de mon côté, après avoir si fermement tenu et maintenu, il est bien dur de laisser aller. Serait-ce un tel arrachement s'il n'y avait rien à craindre ? Sans doute, d'autant qu'il y a toujours à craindre.

Éri

« Que veux-tu que je te dise, Eumos ? Pas plus que toi, je ne sais quelles idées elle brasse. Mais je vois leur ombre traverser ses traits. Et je sens son impatience grandir. Son esprit les tourne et les retourne. Bientôt, elle choisira celle qui lui semblera la meilleure. Elle la retournera, encore et encore, laissant le temps glisser dessus, exactement comme l'eau courante de la rivière sur la lame qu'on effile contre une pierre lisse. Elle n'a rien fait, jusqu'à présent. Mais je commence à redouter qu'elle n'agisse. Et moi aussi, je lui parle en pensée. Si intensément que je finis par craindre de parler tout haut malgré moi.

– Maîtresse, je sais que tu as des choses en tête. (Voilà ce qui finira par m'échapper.) Ne me dis surtout pas quoi. Si tu envisages d'ébranler l'équilibre précaire où se trouvent ta maison, ton fils et toi-même, alors, je t'en supplie, pèse longuement le pour et le contre. Choisis bien ton heure. Choisis même ton instant. Si tu veux engendrer pour nous tous un autre avenir, alors songe au travail de la sage-femme. Elle aussi, elle se tient sur le seuil entre la vie et la mort. Et pourtant, elle sait prendre le temps. Mais tout en le laissant venir, tout en le laissant faire, elle ne s'y fie pas sans réserve. Et elle n'hésite pas à le renverser, quand il s'agit de frayer un passage à la vie. »

La maîtresse

J'avais toujours placé plus haut que tout la vérité, ou du moins la franchise. À ton contact, je l'ai compris : il faut savoir ruser, si nécessaire. Dans ma naïveté, je t'ai demandé : *Comment ça, nécessaire ?* Tu as dit : *Nécessaire, c'est-à-dire utile et politique.* De prime abord, je n'ai pas compris. Car toi, tu peux tout simplement broder à plaisir. Tu as ce don. Un don que je n'ai pas. Mais à présent, je comprends mieux ce que tu entendais par *utile et politique.* Il faut savoir ruser, quand on joue sa survie.

D'ailleurs, le rêve des poulpes me presse toujours de trouver une nouvelle issue. *Il faut les isoler. Piéger chacun dans une étreinte fantôme.* Mais il est bien trop obscur. Et puis-je me fier à ce dernier rêve, quand d'autres rêves m'ont induite en erreur ? Ne suis-je pas celle qui a fini par se piéger dans sa propre toile ? Ne suis-je pas toujours, moi aussi, dans le labyrinthe ? Une seule chose me donne confiance dans le rêve des poulpes : c'est d'y entendre ton rire. Il y résonne exactement comme il résonnait, le jour où tu m'as révélé que tu m'avais choisie avant que je ne t'aie choisi. Là-dessus, le rêve ne peut me tromper. Peut-être n'est-il pas une énigme. Néanmoins, il pose une question difficile à résoudre. Et si j'essaie de la formuler au plus court, elle se résume ainsi : comment se faire soi-même piège ? Mais voilà : même sous cette forme, je ne la comprends toujours pas. Mes pensées tournent en rond.

Te rends-tu compte, toi qui ris en mon rêve, qu'à force de te parler dans un demi-sommeil, je finis par alarmer Éri ? Elle m'entend marmonner toute seule, elle me voit regarder fixement un point sur le mur, en me débattant avec mes rêves énigmatiques, et puis secouer la tête comme pour contrer un interlocuteur invisible. Comment tourner différemment la question pour qu'elle prenne sens ? Je sais ce que tu me dirais. Je crois t'entendre : en considérant les choses avec les yeux de l'autre. Des autres. Et que voient-ils, les yeux des autres ? Ils voient en moi... quoi donc ? Ta femme ? Une femme ? Une femme désirable ? Alors, que devient la question ? Si je suis au centre de la question, elle devient : comment me faire moi-même piège ? Mais n'est-ce pas absurde ? À moins qu'elle ne soit mal formulée ? Devrais-je me demander comment les piéger ? Là, la question n'est plus absurde, mais la gageure est tout bonnement impossible. Car je me connais : je suis trop entière, je ne suis que moi, je ne saurais être une autre. Je n'ai pas le don de ma cousine. À côté d'elle, je ne suis pas de force.

Moi, j'aime un homme, et je suis aimée d'un homme. Elle, elle sait plaire aux hommes. À tous les hommes. Et à chacun des hommes. Elle et moi, nous avons grandi ensemble, et de notre enfance à notre adolescence, je l'ai vue faire. Dans notre enfance, quand nous jouions tous les uns avec les autres, elle allait à la rivière et, penchée sur l'eau, elle faisait des mines, des sourires, des moues. Puis elle revenait et se contemplait dans les yeux de chaque garçon. Est-il un homme qu'elle ne puisse séduire ? Face à chaque homme, elle n'est pas elle-même. D'instinct, elle devient ce qu'il désire qu'elle soit. Voilà pourquoi aucun ne lui résiste. En fait, sa technique est simple. Elle improvise. À volonté, selon le garçon ou l'homme auquel elle s'attaque, elle se fait vierge farouche et éperdue ou fille impudente et lascive. Je n'ai jamais compris comment ensuite, lorsqu'elle entre dans une pièce où se trouvent plusieurs hommes qu'elle a séduits par des moyens si divers, le charme persiste pour chacun. Mais le fait est là. Dans l'ambiguïté de sourires ou de soupirs où l'on peut tout comprendre. Jamais je n'imaginerais de rivaliser avec elle. La lune peut s'attarder en plein jour, elle n'éclipsera jamais le soleil. Elle détient un secret. Elle n'a su en tirer que de la vanité, et semer du désordre autour d'elle. Mais moi, pourrais-je en faire meilleur usage ? En tirer davantage ?

Face aux intrus, je comprends à présent pourquoi mes pensées tournent autour des ruses pitoyables de ma cousine. Elles ne sont pitoyables et vaines que parce qu'elle l'est elle-même. Or je dois encore ménager du temps. Encore un peu de temps, quelques semaines, quelques jours, quelques heures, assez en tout cas pour les garder tous dans la nasse, dans l'espoir que tu arrives enfin pour nous en débarrasser à jamais. Les garder tous ensemble, bien sûr, en les divisant. Le mieux serait d'accentuer ma faiblesse, pour la retourner contre eux. Pratiquées stratégiquement, les ruses de ma cousine me feraient-elles gagner du temps ? Mais il ne me sera pas facile de faire une telle chose, car ce n'est pas ma pente. D'ailleurs, ni Éri, ni Télem ne le comprendraient, s'ils le découvraient. À leur insu, et à l'insu de tous les intrus, il s'agit de rien de moins que de me forcer à faire ce qui me répugne : jeter à chacun, à tour de rôle, une miette, un sourire, un regard, un soupir entendu – et rien de plus.

Le premier sur lequel j'ai jeté mon dévolu est le plus inquiet. C'est le seul d'entre eux qui redoute l'avenir, en imaginant ton retour. Dès qu'il sort de la maison, il ne peut s'empêcher de regarder la mer et de scruter l'horizon. Puis il détourne les yeux en laissant échapper son souffle qu'il avait retenu tout le temps qu'il balayait la mer du regard. Qu'en ferait ma cousine ? me suis-je demandé. La fois suivante où je l'ai vu sortir pour regarder la mer, je l'ai suivi. En se retournant, il m'a trouvée à ses côtés, l'air légèrement soucieuse, comme si moi aussi, j'avais regardé la mer, avant que nos regards ne se croisent. Je ne sais s'il a compris ce que je voulais lui laisser entendre, mais en tout cas, depuis, il est clair qu'il croit me plaire.

Il aura été le premier, et les autres ont suivi. Pour moi, ils se ressemblent tous. Et ils me rappellent ceux qui étaient venus prétendre à ma main chez mon père : animés de la même fougue stupide, de la même suffisance béate. Aucun jeune homme de cet acabit ne m'avait intéressée, même si j'étais alors très jeune. Parmi les intrus, pas un homme de force à se mesurer à la femme que je suis devenue. Oui, ils se ressemblent tant et m'intéressent si peu que j'ai dû vraiment m'appliquer à trouver le point faible de chacun.

Ils ne voient en moi qu'une femme désirable. Le tout est de me montrer telle, à chacun d'entre eux, sous un jour différent, selon son penchant. Qu'ils voient ce qu'ils désirent – et seulement ce qu'ils désirent. Ce que je suis d'autre, ils ne le découvriront que trop tard. Celui qui m'a choisie sait combien j'étais peu sage. Mais en son absence, et devant le monde, je me suis conformée à une apparence de sagesse, dans l'espoir de préserver notre sécurité. Sans le renom qu'elle m'a valu, aurais-je attiré toutes ces mouches sur moi ?

Cette apparence aurait suffi à me protéger dans le monde où tu nous avais laissés. Mais notre monde a changé, il change sans cesse. Tout ce qui nous était familier et proche se révèle étranger et hostile, de jour en jour, et parfois d'heure en heure. Des hommes que tu avais nourris, formés et protégés passent au service des intrus. Et Méla, la servante pour laquelle j'avais le plus de tendresse, s'est empressée de me trahir. Pour quelques miettes d'un festin volé, ces gens vendraient ou tueraient notre fils. Je dois bien nous défendre, et tenir bon, quand tout se trouve ébranlé autour de nous. S'il faut recourir à la rouerie, ce sera pour la plus pressante des raisons : notre survie.

Dans ce qui fut notre monde, la terre peut être éventrée, les toits s'écrouler, les autels s'effondrer. Cependant, dans ce bouleversement général, des arbres peuvent tenir, d'anciennes idoles resurgir et des êtres se révéler. Et celle dont on loue la sagesse peut laisser agir l'autre femme cachée en elle.

C'est mon autre moi-même, c'est elle qui trame et tend un piège d'une extrême finesse, invisible, impalpable. Il est fait de regards entendus, de sourires retenus et de silences éloquents. Chacun de nos ennemis y voit et y entend ce qu'il lui plaît. Moi, réfugiée dans ma pudeur, drapée dans ma dignité, je me trouble et je m'esquive. Je ne souris à l'un que pour affaiblir les autres. Mais chacun des regards que je glisse, chacune des phrases inachevées que je souffle n'est qu'un ressort du piège qui les enserre. Il finira par se détendre et se rabattre sur eux tous quand tu reviendras. Dans ce monde semé d'embûches, je me suis faite tentatrice et insaisissable : piège vivant, pour ces mâles dansant sans fin autour de moi. Moi : une femme qui n'est pourtant plus très jeune, plus très belle, mais qui, pour avoir été et pour rester ta femme, leur semble désirable.

ÉRI

« Tu as raison, Eumos : le maître savait parler à tous et à chacun. Ceux qui ne l'ont pas écouté seraient restés sourds à tout argument. Il en a été ainsi des autres chefs : saisis par la fièvre de combattre, ils n'ont rien voulu entendre quand il les adjurait de rester en paix, chacun chez soi. Ils ont fait courir le bruit qu'il était devenu fou, ou lâche. Et face à eux, le maître a cédé. Malheureusement, tout s'est réglé entre eux, entre chefs. Sans juger bon d'aller devant le peuple pour lui demander son avis. Pourquoi le maître s'en est-il abstenu ? Sûrement parce qu'il craignait de faire lever dans les cœurs des gens qui s'armaient un premier doute, un ferment de discorde. Là-dessus, il n'a pas eu tort. Aussi, à l'heure de partir combattre, tous se sont fiés à lui, ils l'ont suivi sans hésiter. Non seulement il a cédé aux chefs avides de combattre, mais il a adopté et perfectionné leur logique. Comme tu le dis parfois, une logique de chefs ne vaut rien de bon au peuple. Il faut le croire, puisque aucun des hommes d'ici n'en est revenu. Le maître les a entraînés, et jamais ramenés.

De temps à autre, un bateau étranger accoste dans le port, amenant un inconnu qui rapporte des histoires remontant à la guerre. Si tant est qu'on puisse s'y fier… Quel errant, quel mendiant n'inventerait pas des sornettes, dans l'espoir d'obtenir à manger ou à boire de ceux qui l'écoutent ? D'après l'un de ces colporteurs d'histoires, au bout de dix ans de siège, les chefs se sont retrouvés divisés. Les uns restaient acharnés à combattre, les autres voulaient renoncer et rentrer au pays. Et parmi les hommes, un seul, révolté, poussait les autres à lever le camp. Pour le faire taire, le maître l'aurait frappé. Ah, tu l'as entendu dire, toi aussi ? Et tu le crois ? Moi, j'ai peine à le croire. Jamais le maître n'aurait agi ainsi chez nous. Tu sais qui est cet homme ? Comment ça, un être ignoble ? Ignoble en quoi ? Il boite ? Il louche ? Il est à moitié chauve ? Et puis quoi encore ? Mais tu le connais ? Alors, d'où tiens-tu tout cela ? On te l'a dit ? Et que t'a-t-on dit d'autre ? Il a un nom, cet homme ? On l'appelle Thersite ? Et que sais-tu de ce qu'aurait dit Thersite ? Il aurait reproché aux chefs d'accaparer l'or, le bronze et les captives gagnées au prix du sang d'autres hommes ? Et il aurait voulu rentrer au pays ? Et tu le désapprouves ? C'est un homme qui ne respecte rien ? Comment ça, qui ne respecte rien ? Enfin, Eumos, il respecte au moins la vie ! La sienne, je te l'accorde. Et sans doute celle de ceux qui se battaient comme lui. Ah, en effet, il ne respecte peut-être pas suffisamment les chefs. Mais les chefs, eux, que respectent-ils ? Certainement pas les hommes qui se battent contre eux. Ni même ceux qui se battent pour eux, si je comprends bien. Peut-être ceux qui se battent avec eux ? Les chefs, ils se respectent entre eux ? Alors, pourquoi rivalisent-ils sans cesse ? Parce qu'ils ne rêvent que de gloire ? Tu as raison là-dessus, Eumos, ils y sacrifient tout : la vie des autres, et la leur. Mais si un homme ose se lever pour affirmer qu'il redoute de mourir, faut-il le faire taire pour autant ? Sans doute, de telles idées pourraient être dangereuses. Voire contagieuses. Car aucun de ces farouches guerriers n'est encore revenu d'entre les morts pour dire les choses comme elles sont. À savoir : la vie brève, la vie fulgurante dont ils rêvaient pourrait aussi bien s'appeler la mort foudroyante.

Mais non, Eumos, je ne retourne pas les choses. Je les regarde en face. Moi qui ne boite pas, qui ne louche pas et qui ai encore tous mes cheveux, contrairement à Thersite, moi qui ne suis qu'une femme, je te dis ce que je pense. Le maître s'est battu dix ans durant, et toutes les forces déployées, tout le sang versé, tous les morts entassés n'ont pas suffi à gagner cette guerre. Seule la ruse y a mis un terme. Et depuis les dix autres années qui se sont écoulées, je ne sais contre quoi le maître peut se battre ou se débattre, mais je crois qu'il souhaiterait vivre encore. Comme l'espérait Thersite. Parce que vivre en boitant, en louchant et en perdant ses cheveux, c'est tout de même vivre.

Toujours est-il qu'il aurait imposé silence à Thersite en le frappant. Trouves-tu que cela lui ressemble ? Ou crois-tu que le maître ait pu changer, au contact des autres chefs ? Qu'il n'est pas resté celui qu'il était ? Le pouvoir corrompt bien des êtres. Mais pas un cœur comme le sien. Vois-tu, l'inconnu qui a rapporté l'histoire de Thersite a dit aussi autre chose. Un peu plus tôt, à l'heure de la débandade, quand les chefs et les hommes fuyaient vers les navires, le maître a gardé la tête froide. Il arrêtait chaque chef en lui disant : *Vaillant guerrier, tu ne peux te conduire en lâche. Notre Chef veut tous nous éprouver, et tuera ceux qui auront voulu fuir.* Et il arrêtait chaque soldat en lui disant : *Lâche incapable de te battre, tais-toi et écoute un chef qui sait penser et mener les hommes.* Ah, tu le reconnais bien là ? En somme, il est resté celui que nous connaissons : un homme sachant parler à chacun, mais à chacun selon son rang, pour défendre l'ordre établi. Non, inutile de sursauter, laisse-moi parler, Eumos, je n'ai pas fini.

Après tout, que reprochait-il à Thersite? De se rebeller contre la folie d'une guerre interminable, après s'être montré capable de se battre? Ou d'oser parler d'égal à égal à un chef? Comment les gens d'ici comprendraient-ils qu'on puisse prétendre faire plier sous les coups un homme ordinaire, un homme comme nous? Ici, le maître l'aurait laissé parler, il écoutait toujours les autres. Et s'ils avaient tort, il savait les convaincre en leur expliquant en quoi ils se trompaient.

Un autre mendiant errant a raconté qu'au terme du sac de la ville, les chefs ont délibéré et décidé d'en finir avec la lignée de l'ennemi. Et le maître lui-même aurait pris par le pied l'enfant du chef ennemi et lui aurait fracassé le crâne contre les remparts. En prenant cet enfant, comment n'aurait-il pas pensé au sien? Ceux qui m'ont rapporté cela m'ont vue frémir, et j'ai senti qu'ils s'en étonnaient. Eux, ils comprennent très bien qu'on puisse tuer l'enfant de son ennemi. Moi, je ne comprends même pas les mots : un enfant ennemi. Eumos, ne me dis surtout pas : c'est eux ou nous. Car nous, nous n'étions pas ainsi. Donc, je tiens cette horreur pour pure légende. Mais si elle était vraie? Que faudrait-il en conclure?

Longtemps avant cette guerre, le maître avait imaginé d'unir les chefs rivaux en leur faisant jurer de se secourir les uns les autres. Grâce à lui, l'alliance avait pris le pas sur la violence. Depuis, il s'est passé mille choses, il s'est présenté maintes alternatives. N'a-t-il réussi à infiltrer par ruse une ville imprenable qu'afin de laisser ses propres alliés la ravager? En définitive, la violence l'emporterait encore? Lui-même, il aurait fini par tuer de ses mains un enfant sans défense?

Et chez nous, des hommes et des femmes comme toi et moi, capables de s'indigner des coups infligés à Thersite, accepteraient la mort d'un enfant?

Si jamais le maître revient, combien d'hommes et de femmes, combien d'intrus impudents et de serviteurs complices devra-t-il tuer avant que nous puissions dormir tranquilles à nouveau ? S'il revient, nagerons-nous dans une mer de sang ?

En envisageant un tel avenir, j'ai repensé à ce que tu m'as dit un jour, il y a bien longtemps maintenant : le pays se passe de chef depuis quinze ans. Comment, tu ne te souviens pas m'avoir jamais dit ça ? Qui l'aurait dit, alors ? Moi-même ? Mais je ne radote pas, que je sache. Ah bon ? Moi, je t'aurais dit : ne me dis surtout pas que le pays se passe de chef depuis quinze ans. Bon, mettons. Si tu ne me l'as pas dit, c'est que je t'ai arrêté avant. Enfin, l'important est que tu m'as fait réfléchir. Comment ça : en ne disant rien ? Et pourquoi pas ? Quand tu ne dis rien, tu parles, tu me parles, et je t'entends. Tes silences, Eumos, m'amènent souvent à penser.

Il n'en reste pas moins que nous en sommes là : le pays végète, les hommes ont la mémoire courte, et l'isolement nous rend plus vulnérables que jamais. Ah, ne me parle pas de ces fameuses alliances ! Ne me fais pas rire, Eumos. Les alliances si finement pensées et nouées avec tant d'empressement en temps de paix ne s'avèrent pas toujours fiables, quand celui qui les a conclues n'est plus là pour exiger qu'elles soient respectées. Quelle aide peut-on espérer, face aux rapaces qui nous entourent ? Pour la première fois en vingt ans, Télem a convoqué l'Assemblée. Personne ne s'est déclaré contre lui, mais personne ne l'a franchement soutenu. Aussi, les intrus se sentent les coudées franches. Ils ont accouru, rêvant que la mer leur ramène le maître noyé. Aujourd'hui, ils en veulent plus. Ils exigent que la maîtresse qui n'est toujours pas veuve se remarie avec l'un d'eux. Le désordre régnera bientôt en vainqueur sur toutes choses. Qu'en penses-tu ?

Mais tu ne m'écoutes pas ? Au fait, qui était l'homme qui est passé te voir ?

Personne ?

Personne comme Thersite ?

Ou personne comme un mendiant de plus ? »

La maîtresse

Tous connaissent et répètent à l'envi ton nom à travers les terres et les îles, par les routes et sur les bateaux qui croisent en mer. Mais si tu ne reviens pas, je ne saurai même pas sur quel bout de terre on aura brûlé ton corps. Je ne pourrai emmener ton fils sur un lieu où tes cendres se seront mêlées à la terre, ni lui dire : ton père est là. Si la mer roule encore tes os blanchis et rongés de sel, je ne pourrai même pas y mêler mes larmes. Et pourtant, j'ai tant pleuré que les coins de mes paupières en étaient brûlés. Mais peut-être ne reviendras-tu jamais ?

Parmi les bruits qui courent autour du port, on dit qu'ailleurs, sur d'autres terres, des hommes seraient revenus sans aucune mémoire de ce qu'ils ont vécu à la guerre.

L'un d'eux, parti très jeune, sans avoir jamais combattu, est devenu à moitié fou quand il a failli être tué. Il a été sauvé par un camarade, mais ce camarade, il ne le reconnaît même plus.

Un autre a pris sur la tête un coup terrible qui l'a laissé défiguré et sans souvenir : ni du coup reçu, ni de ce qu'il était avant. On l'a ramené chez lui, mais ce n'est plus chez lui, il n'y reconnaît rien ni personne, il ne répond plus à son propre nom. Il est absent au monde – ou du moins au monde qui était le sien.

Et toi ? Ton cœur est trop intrépide pour que tu sois devenu fou de peur. Et ceux qui prétendent t'avoir vu repartir en mer disent que tu étais alors égal à toi-même.

Mais te serait-il arrivé autre chose encore ? Serais-tu captif, esclave, enchaîné sans pouvoir revenir ? Ou, pire encore : une drogue t'aurait-elle privé de tout souvenir ? Aurais-tu oublié jusqu'à ton propre nom, au mien, à celui de ton fils et de ton île ? En perdant la mémoire, aurais-tu perdu le désir même de revenir, et l'endurance que cela exige ? Dériverais-tu sans fin sur une mer d'oubli tandis que je t'attends ? Serais-je seule gardienne du souvenir ?

Du temps où je supportais encore d'affronter la mer, je descendais m'asseoir sur la plage, je regardais les vagues approcher, se briser et refluer et je voyais sur la mer d'étranges chemins. Ils zébraient la mer comme les éclairs peuvent zébrer le ciel et puis ils s'effaçaient, se perdaient. Tu m'as dit que ces chemins fluctuants signalaient le jeu des courants qui traversent les flots, mais qu'on ne pouvait s'y fier pour naviguer. Et tu rêvais d'ouvrir des pistes à travers les mers – ou du moins tu le disais.

Mais la mer est pour toi ce que la guerre est pour d'autres hommes : un champ de possibles, t'attirant bien plus que les terres, avec collines et ravines, plaines et montagnes, scarifiées de routes et de sentiers où on peut se repérer. Oui, tout un champ de possibles, mais aussi un désert immense, un abîme insondable, qui ne mène à rien et où tu te perds.

Dans nos eaux, les hommes cabotent de cap en cap, d'île en île, sans entendre l'appel du large. Ils se contentent de croiser au plus près des côtes, pour retrouver au plus vite la terre ferme. La mer que tu voyais si largement ouverte se serait-elle refermée sur toi ? Ou te rejetterait-elle sans fin d'un rivage à l'autre ? Sans dresser d'autres murs que l'air transparent, sans refermer d'autre impasse que l'infini, la mer t'a pris et te retient. Comment pourrais-tu échapper à l'air invisible, à l'immensité du grand large ? Parfois, je crains que tu ne te sois échoué au loin, et que tout vent soit brusquement tombé. Quand bien même tu voudrais revenir, tu ne pourrais franchir la distance qui nous sépare, qu'elle soit immense ou infime. Tu pourrais n'être qu'à une journée de voile ; si nul vent ne souffle plus, ta volonté, ton obstination, ton endurance et tous tes stratagèmes s'y épuiseront. Aussi sûrement que mon entêtement, ma résistance s'épuisent peu à peu, jour après jour, puisque me voici à court de ruses. Nous serions-nous perdus, perdus à jamais ? Toi à travers les flots, les îles et les terres ? Moi à travers les heures, les jours, les mois et les années ? La mer est ton labyrinthe. Comme le temps est le mien.

Méla

« Eurymaque, que font tes amis ? Vous n'arrivez à rien ? Quand cet idiot de Noëmon est venu vous dire qu'il avait prêté son bateau à Télem, alors que vous étiez tous persuadés qu'il était parti chez son grand-père depuis trois semaines, vous avez juré de le tuer dès qu'il s'engagerait dans la passe. À quoi a servi cette embuscade ? On ne devait plus le revoir vivant. Or ce matin, à la source blanche, une des filles a prétendu qu'il était revenu ! Et je l'ai vu, de mes propres yeux, tout à l'heure ! Il est là, et il n'est plus seul, revenu avec un homme aux yeux perçants qu'il a ramené on ne sait d'où. Avant d'aller manger, ils se sont baignés ensemble, et je me suis chargée de leur apporter plusieurs fois de l'eau chaude. Ils parlaient d'un mendiant, encore un mendiant !

– Oui, encore un mendiant, a dit Télem, mais celui-là ne brisera pas le cœur de ma mère avec des mensonges. Eumos dit que l'homme ne ment pas.

– Et comment le sait-il, ton Eumos ? Serait-il plus devin que moi ?

– Pas plus que toi, a dit Télem en riant. Quant au mendiant, mentir lui fait horreur. Il ne mentirait pas pour s'assurer une bouchée de pain. D'ailleurs, il a dit à Eumos : *Je trouve plus odieux que l'Enfer l'homme qui débite des mensonges, sous la pression du besoin. Et plus encore, l'homme qui dit une chose et en cache une autre en son cœur. J'ai entendu ces derniers mots de la bouche d'un homme mort depuis. Que n'est-il encore parmi nous, pour mesurer combien ils étaient sensés!* Mais pourquoi souris-tu?

– Je souris car je repense à un survivant de la guerre du safran, revenu boiteux et tout couturé. Sans être un grand héros, il s'était battu comme un autre. Et justement pour cela, il n'aimait pas la façon dont cette guerre avait été gagnée. Il disait que tout s'était joué pendant ce qu'il appelait la guerre des chefs. Avant que je ne recueille son dernier souffle, il m'a confié une chose qu'il n'avait jamais dite à qui que ce soit. Il gardait la tente où deux chefs s'affrontaient sur la stratégie à adopter. Et lui, que personne ne savait là, à portée de voix, avait entendu Achille furieux lancer à l'autre chef : *Il m'est plus odieux que l'Enfer, l'homme qui cache une chose en son cœur et en dit une autre.* Vois-tu, ce soldat idolâtrait Achille, qui ne croyait qu'à la force. En somme, ce soldat en voulait aux chefs de n'avoir pas voulu se battre jusqu'au bout, en se fiant aux bras de leurs hommes et aux armes. Comme Achille, il aurait préféré s'en tenir à la force, quitte à perdre, plutôt que de gagner par la ruse. Pour lui, la guerre avait été gagnée de façon indigne. Achille n'aurait pas dû céder. Et ce soldat avait conclu en disant que le meilleur des Achéens n'aurait jamais dû écouter le plus fourbe. Ton mendiant vient de dire peu ou prou à Eumos les mots d'Achille. Mais comment aurait-il pu entendre ces paroles, et où? Ce jour-là, sous la tente, il n'y avait que les deux chefs. Celui qui a proféré ces paroles est mort là-bas. Et le seul autre chef auquel il les a lancées a disparu. Qui peut savoir où il se trouve?

Pour moi, tout cela soulève deux questions. Où était alors votre mendiant? Et qui est-il donc?

Eumos estime que l'homme qui affirme ce qu'il lui a dit ne saurait mentir? Pas plus qu'un homme qui le répète? Ah, tu détournes les yeux, Télem, mais tu ne te troubles plus. Eh bien, je vais te dire pourquoi je souris, si tu ne l'as pas encore compris. Eumos croit que le mendiant ne ment pas ? Tu le crois aussi ? En ce cas, je le crois. Sur la foi de vous deux, qui ne sauriez mentir.

Mais alors, si le mendiant ne ment pas, toi qui doutais d'être le fils de ton père quand je t'ai rencontré, tu n'as plus lieu d'en douter aujourd'hui. Tu es bien le fils de ton père. Digne d'être le fils du Poulpe.

Télem avait bien détourné les yeux, en se mordant les lèvres. Je ne comprends qu'une chose à leurs histoires. Télem est toujours le même garçon, crédule et stupide. Sa mère ne peut compter sur lui, ni sur personne d'ailleurs. Elle ne peut plus résister, elle ne te résistera pas. Nous sommes tout près de gagner, Eurymaque, je le sens. Mais que le mendiant ne vienne pas nourrir encore de faux espoirs en elle. Arrange-toi pour qu'il ne l'approche même pas, et tue-le. Et surtout, tue Télem et tue cet étranger. »

La maîtresse

Il est revenu ! J'étais dans la salle des femmes, quand, à un déplacement d'air, j'ai senti quelqu'un approcher. Je relève la tête et je le vois, à contre-jour, sur le seuil. Incapable de bouger, je le regarde. Il n'a pas changé. C'est bien sa tête, ses cheveux, ses épaules, son sourire, ses yeux. Des larmes me jaillissent des yeux quand je comprends que ce n'est pas lui.

C'est Télem, Télem qui me revient. Mon fils ! Mon fils, qui a tant mûri, en trois semaines, que je l'ai pris pour son père. Éri était derrière lui, et j'en suis sûre, elle a compris que je m'étais méprise.

– Éri, je sais quel homme m'a quittée, lui avais-je dit. Il est parti jeune, fort, invincible. Et j'étais encore bien jeune moi-même. Mais si jamais il revient, quelle femme retrouvera-t-il ? Quel homme me reviendra ?

– Il retrouvera la femme qu'il a choisie, m'avait-elle rassurée. Mais il ne reviendra pas sous les traits de son fils, avait-elle ajouté, m'inquiétant aussitôt.

Pour elle aussi, il reste vivant jour après jour, en Télem, plus jeune encore qu'il ne l'était quand il est parti. Oui, mon fils porte en lui notre bonheur, notre torture, notre conviction que son père reviendra un jour.

J'attends celui que j'aime et que j'ai connu. Et cependant, je ne puis l'oublier, j'attends un étranger qui viendra d'ailleurs, d'un autre lieu, lointain, brumeux, impénétrable, un lieu qui n'existe pas encore et que j'essaie vainement d'entrevoir.

Brève entrevue avec le mendiant

« Étranger, ma porte est ouverte à tout errant qui passe devant le seuil de cette maison. J'espère et je redoute toujours qu'on m'apporte des nouvelles, si mauvaises soient-elles, de celui que j'attends. Je t'accueille comme on doit accueillir tous ceux qui sont loin de leur terre et de leur maison, qu'ils en aient été chassés par la faim ou la guerre ou qu'ils les aient quittées de leur plein gré, pour courir le monde. Et je t'accueille aussi comme je souhaiterais que soit accueilli ailleurs celui qui n'est pas encore revenu parmi nous. Sans doute le sais-tu : il est parti en mer. Depuis, j'attends que la mer me le ramène, vivant ou mort. Voilà pourquoi je voudrais te parler.

– Maîtressc, mieux vaut attendre ce soir.

– Ne m'appelle pas maîtresse. Tu viens mendier à notre porte, mais tu as trouvé plus pauvre que toi. Tu mendies à manger, je mendie des nouvelles. Je reviendrai te parler plus tard. »

Antinous / Le mendiant

« Qui es-tu, mendiant, pour prétendre prendre place à la table d'hommes tels que nous ? Crois-tu qu'il suffise d'avoir un ventre qui crie famine pour qu'on te permette de le remplir ? Nous laissons des miettes à Iros parce qu'il sait nous faire rire avec ses grimaces. Mais un mendiant suffit à nous distraire. Si tu veux manger, bats-toi avec lui, nous verrons quel ventre l'emportera. Moi, je ne parierais pas sur le tien.

– Le ventre peut crier famine tant qu'il voudra, si la bouche ne parle pas pour lui. Iros n'est que ventre, et c'est pourquoi tu paries sur lui. Si vous l'exigez, je me battrai avec lui pour pouvoir manger. Mais auparavant, ma langue doit parler, car je l'ai juré à un enfant. Écoutez mon histoire.

Sur une île où je suis passé, à l'orée d'un hameau, un vieillard aveugle était assis sur une pierre. En m'entendant approcher, il a appelé un enfant qui gardait des bêtes plus loin. Il lui a dit de nous conduire jusqu'à une petite vallée, proche de la mer. Comme les sources cachées par ceux qui ne veulent pas partager leur eau, cette vallée est secrète. On ne peut y accéder sans se glisser entre deux roches, par une anfractuosité étroite. Nous marchions sous les pins, il faisait chaud, et soudain, à un tournant, j'ai vu le chemin barré par une nuée de papillons. J'aurais voulu rebrousser chemin, mais l'enfant avançait toujours, guidant le vieillard aveugle, et je les ai suivis. Nous avons traversé toute la nuée de papillons et marché encore, lentement. Par moments, on entendait le bruit de la mer, et puis on ne l'entendait plus, comme si elle s'était retirée au bout du monde, et puis on l'entendait à nouveau brasser ses vagues. Enfin, nous sommes arrivés à une petite clairière, entre les pins.

Le soleil donnait sur un petit tertre. Le vieillard s'en est approché avec l'enfant, qui s'est penché et a ramassé un tesson de terre cuite. Il a pris ma main, l'a retournée face au ciel, et il a posé dans ma paume le tesson. Puis il a guidé la main du vieillard jusqu'à la mienne. En me penchant, j'ai vu que le tesson était entaillé de petits traits. Tracés les uns à côté des autres, ils se ressemblaient, sans être tout à fait les mêmes. S'ils n'avaient été incrustés de poussière terreuse, je ne les aurais peut-être pas remarqués. Avez-vous jamais vu des pierres portant en creux l'empreinte d'une fougère ou d'un petit lézard ? Nul ne sait comment ils ont été gravés, ni par qui, ni pourquoi. Mais chacune de ces empreintes est si parfaitement la fougère avec sa crosse courbe ou le lézard avec ses pattes palmées qu'on ne peut les voir sans s'en émerveiller. Les traits gravés dans le tesson étaient si simples, à la fois semblables et dissemblables, qu'ils n'étaient même pas beaux. D'un doigt hésitant, le vieillard les a caressés, en articulant lentement : *Je suis la tombe du héros*. Il a fait cela à trois reprises, et les larmes coulaient sur ses joues creuses.

Pourquoi caressait-il ces motifs ? Pourquoi récitait-il ces mots ? Pourquoi pleurait-il ? De quel héros prétendait-il perpétuer le souvenir ? Qu'attendait-il de moi en retour ? Je ne le comprenais pas.

Nous sommes revenus vers le hameau. Comme j'allais partir, il m'a dit : *Étranger, même si tu ne comprends pas, n'oublie pas*. L'enfant m'a accompagné pendant un bout de chemin, et il m'a raconté que le vieillard ignorait de quel héros il s'agissait. Était-ce l'un des siens ? L'aurait-il oublié, avec l'âge ? En fait, il ne l'avait jamais su. Sitôt qu'un étranger passait, le vieillard lui montrait le tertre et le tesson gravé, et lui récitait les mêmes mots. Le vieillard prétendait que ces signes pouvaient chanter, qu'ils voulaient dire ces mots. Que jadis, d'autres les comprenaient et les répétaient. Lui-même, sans les comprendre, avait été chargé de les répéter à quiconque passerait par là, dans l'espoir qu'un jour, un homme saisisse comment ces signes pouvaient parler. Par-delà les brumes opaques du temps, ils apporteraient alors à d'autres hommes le souvenir du héros couché entre les pins, dans la vallée aux papillons. Le vieillard lui-même n'avait pas connu ce héros ; il ignorait tout de ses exploits, d'autres lui avaient seulement intimé d'en transmettre l'écho. Il avait obéi, et m'avait répété les mots en me montrant le tesson de terre cuite aux signes mystérieux, comme il l'avait montré à d'autres avant moi, et en me suppliant de ne pas les oublier.

Je l'ai promis et je vous les répète à mon tour, même si ce vieillard est sûrement mort depuis que j'erre sur la mer et si je doute que l'enfant ait gardé ce tesson. Si le vieillard est mort, si l'enfant a oublié, si le tesson gravé, ramassé et reposé par l'enfant au pied du tertre avant que nous ne repartions a été recouvert d'un peu plus de boue après chaque orage, et la boue, recouverte d'herbe à son tour, il ne reste plus que moi pour me souvenir et raconter mon histoire à qui veut bien l'entendre.

– Mendiant, les hommes sont avides d'histoires, mais ils aiment les comprendre.

– Je suis comme eux. Et cette histoire, je la raconte pour deux raisons. Tout d'abord parce que je l'ai juré à l'enfant. Quel homme serais-je si je ne tenais pas ce que j'ai promis ? Croyez-vous que seuls comptent les serments échangés entre hommes ? Ne comptez-vous pour rien une promesse faite à un enfant ou à une femme ? Ensuite, je rapporte aussi cette histoire avec l'espoir qu'un jour, un autre la comprenne et m'explique le sens de ce qui m'est arrivé là-bas. Je l'ai déjà rapportée bien des fois. Certains m'ont dit qu'il s'agissait peut-être d'un rite magique. Mais tout rite a un sens, si obscur soit-il. Si c'en était un, à quoi visait-il ? Comment ces petites marques auraient-elles pu parler aux hommes ? Au fond, le vieillard aveugle avait-il seulement compris ce qu'il devait transmettre ? Était-ce le souvenir du héros sans nom ? Était-ce la possibilité même de la mémoire ? Si étrange ou incompréhensible soit-elle, cette histoire m'est arrivée.

– Mendiant, nous t'avons écouté patiemment. Que veux-tu dire, avec ton histoire ? Que les exploits importent davantage que le héros ? Ou que leur souvenir doit perdurer au-delà du nom de celui qui les a accomplis ? Au fil du temps, quel homme pourrait se targuer d'être aussi grand que les exploits qu'il a assumés ou qu'on lui a prêtés ? Vois ce qu'il en est sur cette île, et même sur la mer qui nous environne. D'autres nous ont précédés. Oubliés, pour la plupart. Comme le seront bientôt ceux qui ne sont pas revenus, ou qui ne reviendront plus. La mémoire des hommes n'est pas si longue. La reconnaissance des hommes est plus brève encore. Quant à ton histoire, elle m'a tout l'air d'être un rêve, que tu as tenté de nous faire avaler, dans l'espoir de manger. Mais ta langue n'a pas su parler en faveur de ton ventre. Et si tu veux manger, il faudra d'abord te battre contre Iros.

– Cette histoire n'est pas un rêve. Ou du moins, pas le mien. Des rêves, chacun en fait, en dormant ou en veillant.

Ce n'est parfois qu'à l'instant où le rêve s'achève qu'on le reconnaît pour tel. Je crois savoir de quoi tu rêves. Tu ignores de quoi je rêve. Ferions-nous le même rêve ? Ou des rêves inverses, incompatibles ? Seul le temps nous le dira. Enfin, puisque tu l'exiges et puisque je l'ai promis, je vais me battre. »

Éri

« Depuis l'étage, nous avons entendu les intrus insulter un homme dans notre maison, sous prétexte qu'il n'est qu'un mendiant ! N'en veux pas à ta mère : elle t'a reproché de les avoir laissés dire et faire, en te demandant si tu aurais perdu tout esprit et tout cœur. Je sais et elle sait bien que tu ne manques pas de cœur. Mais elle tient à parler avec cet homme.

D'ailleurs, qu'avez-vous tous après lui ? Quand Eumos l'accompagne auprès de la maîtresse, il demande à la voir plus tard en tête-à-tête, et Eumos lui trouve des excuses. Et quand je veux retenir Eumos, le voilà qui s'esquive, en disant que l'homme est fiable, que ce n'est pas un simple mendiant affamé, prêt à raconter n'importe quoi dans l'espoir de gagner une bouchée de pain. Et sur quoi Eumos appuie-t-il sa confiance ? Sur la parole de cet homme, qui lui aurait dit : *Il m'est odieux comme les portes de l'Enfer, celui qui débite des mensonges sous la pression du besoin.* Eumos deviendrait-il niais ? Et n'a-t-il donc pas compris, n'as-tu pas compris toi-même que ta mère est à bout de forces ?

Écoute-moi, Télem. Je ne demanderai pas à un fils de comprendre sa mère. Moi qui vis dans son ombre, je crois parfois la comprendre, si énigmatique qu'elle paraisse. D'autres fois, elle me laisse perplexe. Mais là, je suis sûre d'une chose et je te l'affirme : ta mère est à la merci du premier menteur venu. Elle croirait n'importe quoi, elle dirait n'importe quoi, elle ferait n'importe quoi.

Ne vient-elle pas de se plaindre que tant d'hommes prétendant l'épouser ne lui avaient rien offert ? Quand ils s'empressent de la couvrir de présents, et qu'elle les accepte, quel jour prépare-t-elle ? On croirait que c'est celui de nouvelles noces. Moi, je n'en crois rien. Plus le temps passe, et plus elle me rappelle ton père, capable de dire une chose et d'en cacher une autre en son cœur. Assurément, elle a accepté les pendants à trois perles, l'immense voile brodé aux agrafes d'or, le collier ouvragé, que sais-je encore ! Pourtant, même la parure d'or pur aux grains d'ambre brillant comme un soleil ne l'a pas éblouie, contrairement à ce qu'a cru celui qui la lui offrait. Devant l'objet, elle a fermé les yeux, mais deux doigts de sa main droite se sont posés entre ses seins. Tu l'as vu, toi aussi ?

Te souviens-tu qu'enfant, tu étais fasciné par le pendentif d'ambre qu'elle garde toujours sous sa robe, contre sa peau ?

L'ambre, la pierre qui flotte, éclatante et toujours tiède, garde en elle la mémoire des jours heureux. Crois-moi : cette larme d'ambre lui est plus chère que tous les présents que je l'ai aidée à porter dans la chambre désertée et à serrer dans le grand coffre de cèdre. Et pourtant, elle ne les a pas refusés, pas plus qu'elle n'a repoussé ceux qui les lui offraient. Je ne sais ce qu'elle a en tête. Elle, qui est la fermeté même, me semble divisée. Mais peut-être est-elle plus déterminée que jamais.

Alors, tu n'as pas peur que cet inconnu approche ta mère ? D'où sort-il, pour se battre comme il le fait, et éreinter ce goinfre d'Iros ? Vois-tu, quand les intrus ont exigé ce combat répugnant entre lui et le mendiant auquel ils ont l'habitude de jeter un os de temps en temps, je n'étais pas loin. Et ce combat est le plus étrange que j'aie jamais vu. Tu souris, Télem, car tu penses que je ne sais pas me battre. C'est vrai. Mais je sais regarder.

Iros faisait trois fois la carrure de l'inconnu. À mes yeux, ce n'était qu'une outre pleine de vent. Mais quand il était ivre, je l'avais déjà vu envoyer d'un revers de main un homme contre un mur. Quand il s'est rué sur l'inconnu, l'autre a fait un bond de côté, comme s'il en avait peur. Pourtant, après, j'ai vu tout autre chose. À chaque fois qu'Iros se jetait à nouveau sur lui, l'inconnu semblait trébucher, déraper de côté ou tituber. Et à chaque fois, le coup semblait le rater. Mais moi, j'ai vu ses pieds : il dansait autour d'Iros. En fait, il esquivait chacun des coups. Et il a fait plus que le battre. Il l'a simplement épuisé jusqu'à ce qu'il s'effondre. Voilà pourquoi je te dis : cet inconnu est louche.

Sans compter autre chose : pour un simple mendiant, il parle en maître. Il se permet de dire aux filles d'aller se coucher, il prétend rester à veiller seul dans une maison qui n'est pas la sienne. Quand Méla l'insulte, il la traite de chienne; toi, tu prends sa défense et ta mère te reproche de ne pas l'avoir fait plus tôt! Méla s'en permet trop, c'est certain. Mais depuis que cet inconnu est parmi nous, je ne comprends plus ce qui se passe. Enfin, si ta mère m'ordonne de laver les pieds du mendiant, je le ferai. Seulement, je te le dis : moi, il ne me rendra pas folle. Va donc te coucher, Télem, j'appelle une des filles, elle t'éclairera.

– Non, Éri, j'ai vu dans la salle des armes qu'en mon absence elles se sont ternies, je vais attendre, et quand ma mère aura parlé à cet étranger, j'irai les fourbir. Monte plutôt enfermer les filles, que chacune se couche et n'aille plus frayer avec aucun des intrus.

– Attends, je t'accompagnerai.

– Non, Éri. Cet étranger a mangé mon pain, il pourra bien m'éclairer. Je ne veux pas de bouche inutile sous mon toit. »

SECONDE ENTREVUE AVEC LE MENDIANT

« Étranger, tu es entré aujourd'hui dans une maison dont le maître est absent. C'est pourquoi je te parle. Sais-tu ce que c'est qu'attendre ? Attendre n'est pas chose aisée. La plupart des gens confondent l'attente avec la torpeur, la somnolence, l'inertie. Pour moi, l'attente n'est que tension douloureuse. Pendant un temps, j'ai cru être la gardienne du passé des hommes de cette terre ; la tension me pesait moins alors. Mais ce temps est révolu. Désormais, ceux qui confondaient ma présence avec leur propre mémoire ne voient en moi qu'un souvenir importun.

Vingt ans se sont écoulés, et quand je me montre, que crois-tu que j'incarne à leurs yeux ? Un rêve estompé et perdu, où la paix allait de pair avec la puissance. Tout autour de nous, les arbres se dressent encore, l'herbe pousse toujours ; les arbousiers, les myrtes, les lauriers restent verts. Et même si un paysan imprudent provoque un feu en brûlant des herbes sèches, au printemps suivant, le ciste repousse plus largement et refleurit avec ses pétales froissés. Mais le lien qui unissait naguère ces hommes et ces femmes entre eux et à nous-mêmes s'est relâché. Pour eux, le maître s'est sans doute perdu en mer. Ils ne doutent même plus qu'il revienne un jour, ils ont oublié qu'il pourrait jamais revenir. Sans mémoire, sans passé, ils vivent au jour le jour, incapables d'imaginer un avenir.

– Maîtresse, il y a plus fort que la mémoire. Il y a le rêve. La mémoire s'appuie sur le passé, il est vrai qu'il faut l'entretenir. Mais le rêve s'élève dans le vide. Il flotte librement, comme la fumée d'un feu de paille déjà consumé reste en suspens dans l'air. Il déploie sa mystérieuse spirale depuis un ombilic creux comme celui des coquillages. Au bord de la mer, les enfants trouvent des coquillages et s'émerveillent de la perfection de leurs formes et de l'orient de leur nacre. Devenus hommes et femmes, tous échangent des histoires, des histoires tristes ou merveilleuses. Des histoires rapportées ou rêvées, dans l'espoir confus de comprendre la vie. Pourtant, même s'ils persistent à ressasser des histoires venues du fond des âges, la mémoire des hommes finit par se perdre, de génération en génération. Peut-être n'échangent-ils au fond que des rêves.

– Étranger, je t'ai entendu conter ton histoire aux hommes, et je ne saurais dire ce qu'il faut y comprendre. Comment de simples traits pourraient garder la mémoire du passé ? Cependant, je ne sais pourquoi, ton histoire me trouble, tes paroles me font frémir malgré moi. Elles me font frémir comme le ressac de la mer, avec son message sans cesse ressassé et désespérément obscur. Je l'entends, je l'entends jour et nuit, et je ne le comprends pas. Il commence comme l'appel profond et sourd de l'oiseau de nuit, se fait plus aigu, presque grinçant, et puis plus sifflant, avant de s'éteindre. Le jour où je ne serai plus là pour l'entendre, celui que j'attends sera-t-il oublié ?

Ici, on te dira que je ne supporte pas d'entendre chanter la guerre et la mort. Tous espèrent de moi des gestes, des paroles, des cris, des larmes qui mettraient un terme à l'attente. Me croient-ils seulement malheureuse ? Je finis par en douter. Me comprendraient-ils si je courais par les chemins échevelée, le visage tuméfié de larmes, hurlant comme une bête ?

Il y a si longtemps que j'attends en silence. Mon malheur est trop profond pour faire surface. S'il remontait comme un cri, il déchirerait le ciel, il ébranlerait la terre, il fendrait la mer. Et ce cri serait un nom. Il irait à l'autre bout de la mer. Rencontrerait-il celui que j'appelle en silence, bouche close sur mon cri ? Briserait-il l'enfermement auquel je suis condamnée ? Parfois, en dépit de l'alternance des jours et des nuits, et même du passage des saisons, j'ai l'impression de vivre un jour éternel, un seul et même jour revenant s'étirer sans fin, tout comme la mer si changeante ne ramène jamais que la même vague. Pourquoi la force immense, incompréhensible, qui la soulève sans raison, sans répit, ne ramène-t-elle pas celui qui a dérivé au bout du monde ? La mer ne se fatigue jamais, ne s'épuise jamais à rouler. Dans son ressac incessant, je retrouve la lassitude et la rage que j'ai éprouvées dans le va-et-vient monotone du tissage que les intrus qui se sont imposés sous notre toit m'ont forcée à finir. Mais en t'entendant, étranger, parler du vieil homme en larmes, et de ses petits dessins magiques, une peur m'a saisie. Avec ses vagues brisées et ses signes d'écume, la mer me dirait-elle, sans que je l'aie encore compris : *Je suis la tombe du héros* ?

Imaginer que la mer me parle, c'est aussi absurde que de croire que les hommes puissent se parler autrement qu'avec des mots ou des gestes, ou de se figurer que la mémoire traversera les âges autrement que de bouche à oreille, ou encore de rêver que des hommes et des femmes pas encore nés sauront jamais que j'ai aimé, et qui j'ai aimé.

Moi, j'aimerais simplement que celui que j'attends me revienne enfin, fût-ce sans gloire. S'il revenait, même usé, même vieilli, même vaincu par la vie, et si nul ne reconnaissait plus en lui le maître, moi, je le reconnaîtrais pour tel. Mais à d'autres moments, et surtout la nuit, je l'avoue, je me demande : saurai-je le reconnaître ?

Et lui, me reconnaîtra-t-il ? Je ne suis plus celle qu'il a quittée. Ma beauté s'est fanée, ma lassitude alourdit ma démarche, et mon renom me pèse. Pour survivre tant bien que mal, j'ai dû transiger. Pour protéger mon fils, j'ai dû faire des choses qui me répugnaient profondément. Pour gagner un simple jour de plus, j'ai dû forcer ma nature et ruser, ruser, ruser… S'il me revient jamais, lui qui ment avec tant d'aisance, me pardonnera-t-il d'avoir recouru à la duplicité ? Mais je ne sais pourquoi je te dis tout cela. Je ferais mieux de me taire, et de t'écouter, si tu peux me répondre. Dis-moi, étranger : dans tes voyages, as-tu jamais entendu parler de celui que nous attendons ?

– Je n'en ai pas entendu parler. Je lui ai parlé moi-même. Celui qui t'a quittée pour aller faire la guerre a fait escale chez nous, en Crète, il y a près de vingt ans. Le chef qu'il venait voir était déjà parti en mer. Aussi, c'est moi qui l'ai accueilli et reçu. Il est resté douze jours, avant de reprendre la mer avec ses hommes.

– Étranger, si tu l'as vraiment connu, dis-moi quels vêtements il portait alors.

– C'était il y a si longtemps ! Mais je le vois encore, avec son manteau de pourpre fermé d'une agrafe d'or sur une longue tunique d'une finesse extrême…

– Étranger, je te crois… Pardonne mes larmes : j'avais tissé de mes mains ces habits et fermé l'agrafe d'or retenant son manteau. Dire que jamais plus il ne nous reviendra !

– Maîtresse, détrompe-toi, sèche tes larmes. Tu peux me croire : il va te revenir. Il revient seul, c'est vrai, ayant perdu tous ses hommes et ses bateaux. Mais il ne revient pas les mains vides. Il rapporte des richesses. Seulement, ignorant ce qui a pu arriver ici en son absence, et quels périls le guetteraient, il ne savait s'il devait revenir au grand jour, ou en dissimulant qui il est. Il est donc allé consulter l'oracle à Dodone. Mais je te le jure, je te le jure sur ta maison que je respecte autant que si elle était mienne ! Il n'est pas loin de toi, il sera bientôt là.

– Étranger, puisses-tu dire vrai ! Pour cette promesse que j'ai peine à croire, je veux t'offrir le meilleur des accueils. Avant que tu ne dormes dans un vrai lit, l'une des filles travaillant ici va te laver les pieds.

– Maîtresse, jamais les filles que j'ai vues sous ce toit ne toucheront mes pieds. Mais il y a une vieille femme…

– C'est Éri. Elle a élevé mon fils, après avoir élevé son père. Elle ne s'endort jamais avant que je n'aille me coucher. Je vais lui dire de venir te laver les pieds et puis de te préparer une couche près du feu, avec des toisons épaisses et des couvertures.

– Maîtresse, ne prends pas cette peine. J'aime autant dormir à l'air libre. Vois-tu, il y a peu, j'ai réchappé d'un naufrage. La mer m'a rejeté à l'embouchure d'un fleuve. Je me suis traîné au sec, sur la berge, sans trouver la force d'aller plus loin qu'à l'orée d'un petit bois. Deux oliviers, jumeaux mais dissemblables, l'un sauvage, l'autre greffé, entremêlaient leurs racines et leurs branches. La terre était jonchée de feuilles sèches et craquantes. C'est là qu'en ramenant sur moi des brassées de feuillage mort, j'ai dormi du meilleur sommeil que j'aie connu depuis que j'erre de par le monde, loin de ma propre terre. Et tant que je ne serai pas rentré en ma maison et dans mes droits, je ne dormirai pas dans un autre lit que le mien.

– Puisses-tu le retrouver bientôt, étranger ! »

MÉLA

« Ce sale mendiant, je t'ai dit de le chasser, dès le premier jour où il est arrivé. Tu m'as promis de le faire, et il est encore là. Qu'il se taise ou qu'il parle, il me répugne, et il me fait peur.

Vous tous, vous êtes jeunes, beaux et forts, et vous venez d'ailleurs. Vous parlez, vous riez, vous mangez, vous buvez, vous jouez les uns contre les autres, vous désirez une fille et vous la prenez, vous allez et venez. Si tu repartais, tout s'arrêterait à nouveau. Parce que tu m'as voulue et prise, tu n'as pas vu qu'autour de nous et de vous tous, tout était suspendu depuis une éternité. Et toi, tu ne comprends pas ce que c'est d'avoir grandi et vécu dans cette maison. Hors du temps des vivants.

Vingt ans ! Vingt ans passés à attendre un maître qui n'est toujours pas revenu, qui ne reviendra plus. Rends-toi compte : un maître parti alors que je n'étais même pas née ! Il a fait de cette île un champ de mort, où il faut vivre dans le souvenir du héros, et de cette maison un tombeau, pour ce garçon qui ne peut même pas grandir, entre sa nourrice et sa mère. Un tombeau où il ne faut jamais rire, ni chanter car elle, elle pleure, elle se tait, quand bien sûr elle ne dort pas. Vingt ans de larmes et de silence pour eux, seize ans pour moi, qui n'ai jamais rien connu d'autre. Et quand enfin approche l'heure où tu vas m'en délivrer, arrive ce mendiant ! Un sale pouilleux qui refuse de nous confier ses pieds crasseux à laver ! Mais pour qui se prend-il ? Et la maîtresse, jamais lassée de quémander de fausses nouvelles à tous les errants de passage, cède aux volontés du pouilleux et appelle l'autre vieille idiote pour lui confier la noble tâche de laver des pieds sales !

Nous autres savons où elle se poste pour tout épier de l'étage, j'ai fait de même. De l'ouverture donnant sur l'embrasure de la porte de la grande salle en contrebas, qui reste toujours ouverte, j'ai d'abord entendu la vieille incapable commencer par pleurer comme toujours sur le maître absent, avant de la voir, en me penchant, renverser le chaudron : soit parce que l'eau était trop chaude, soit parce qu'elle était encore plus maladroite que d'habitude. Aussitôt, le mendiant l'a prise à la gorge en menaçant de l'étrangler. Tu aurais vu la vieille empotée baisser les yeux en balbutiant des excuses ! Ainsi, un simple mendiant peut faire la loi dans cette maison hantée par des morts-vivants ! Bien sûr, ce n'est qu'un fait banal et sans conséquences. Mais tu m'as juré que si tu épousais la maîtresse, tu n'aimerais que moi, et que tu la tuerais pour faire de moi ta reine. Eh bien, avant même de me faire reine, si tu m'aimes, tue ce sale mendiant. »

Antinous

« Télem, dans la maison de ton père, ou plutôt de ta mère, tu voulais faire asseoir un mendiant à notre table ? Tu ferais mieux d'agir. Tu as entendu ta mère. Elle l'a enfin avoué : en partant à la guerre, ton père lui a demandé de veiller sur toi, tant que tu serais enfant. Mais il lui a aussi dit autre chose : d'épouser qui elle voudrait s'il ne revenait pas, quand tu aurais grandi. Eh bien, te voilà homme ! Ne riez pas, vous autres ! Elle nous a insultés en demandant si parmi nous tous qui voulons l'épouser, il en était un seul qui sache faire autre chose que prendre. Dis, ne l'avons-nous pas comblée de présents somptueux ? Ne les a-t-elle pas acceptés ? Ne sont-ils pas serrés dans le coffre de sa chambre ? Alors, ne te plains pas de nous avoir nourris pendant qu'elle nous faisait attendre. Chacun sait comment elle a tergiversé.

Tu veux préserver ton bien ?

Va donc demander à ta mère qui d'entre nous elle suivra en sa maison. »

La maîtresse

Je me couche, je m'endors aussitôt. Et puis je ne sais quoi me réveille : l'impression d'avoir perçu un bruit au dehors ou d'avoir oublié quelque chose. J'entrouvre la porte de la chambre, tout semble assoupi dans la maison. Mais le silence même m'inquiète. J'avance vers le palier, en longeant le mur du corridor, et soudain, dans la première encoignure, je vois un passage si étroit que je peux à peine y entrer de profil. Je m'y glisse : devant moi, il semble encore plus étréci car il s'incurve. Où peut-il mener? Je ne l'ai jamais remarqué depuis que j'habite la maison. Le mur est froid et rêche contre ma joue, et je retournerais bien en arrière, si je le pouvais. J'ai à peine pensé cela que le passage s'élargit, ouvrant sur un espace vaste et lumineux : là, se dresse notre lit, tel que tu l'as taillé et poli dans la souche d'un olivier. Mais quelque chose a changé : le vieil olivier s'est dédoublé, envahi par un autre olivier, un olivier sauvage, qui l'enserre et l'étouffe presque entre ses propres branches. Et notre lit n'est plus tout à fait le même, il semble rentré en terre, comme s'il s'était affaissé sous son propre poids.

J'ai beau savoir que notre lit est ailleurs, dans la chambre où tu l'as dressé de tes mains avant d'élever les murs tout autour de lui, je le vois là, au milieu de cet espace ouvert, sous un ciel sans couleur. La ramure foisonnante de l'olivier sauvage semble inextricable. Et dessous, je ne distingue plus le cadre du lit – juste un homme nu, sur une litière de feuillage sec. À demi recouvert par les feuilles, il dort profondément sur ce lit de fortune. Et il te ressemble, tout en ressemblant aussi au vieux mendiant que Méla a voulu chasser.

Serait-ce parce que l'étranger a refusé un vrai lit et des couvertures près du feu mourant que je le vois couché à l'air libre, sous un ciel immense ? À cet instant, je crains de ne pouvoir retrouver notre maison, notre chambre, notre lit. Et je me rends compte d'une chose : pour la première fois depuis ton départ, hier soir, après avoir quitté l'étranger, j'ai omis d'accomplir le rituel qui fermait chacune de mes journées depuis vingt ans. Hier soir, je ne me suis pas agenouillée devant notre lit. Je n'ai pas ouvert les bras, je n'ai pas saisi des deux mains les bords de son cadre de bois, je n'ai pas mordu ses courroies de cuir rouge, pour pleurer en silence un nouveau jour perdu sans toi, en espérant que demain tu me reviennes enfin.

Et je comprends, je comprends : en fait, je crains que les murs du rêve ne se soient refermés. Et alors je me réveille vraiment, dans le lit étroit où je couche seule. Comme toujours, l'emprise du rêve fait miroiter un bonheur impossible, tourné vers le passé ou l'avenir. Mais quand on lui échappe, elle vide de toutes couleurs le présent. Je t'ai cherché dans la nuit, à travers mes rêves. Je n'ai cru te retrouver que pour te perdre à nouveau.

Comme toujours, ma pensée se tourne vers toi, ma bouche te parle silencieusement. Cependant, sans que je comprenne pourquoi, mon esprit est divisé. Les paroles que je t'adresse me semblent aller vers le vieux mendiant. Pourquoi ? Parce que sa détresse m'a troublée, parce que son endurance m'a frappée ?

Il a les traits creusés, la voix cassée, le corps émacié. Il dit avoir eu de la force, du pouvoir, des richesses, et avoir tout perdu. Toi-même, si tu avais tout perdu, tu ne serais pas en meilleur état que lui. Je regarde ses mains, ses pieds, ses traits : ils pourraient être les tiens, si la vie t'avait autant malmené. Et si elle l'avait fait, te reconnaîtrais-je encore ? Éri m'avait prévenue que même si tu échappais à la mort, tu pourrais revenir brisé, mutilé ou aveugle. Et moi, je lui avais soutenu que je te reconnaîtrais toujours. Mais dans ma nuit, j'en doute. Moi que la vie a malmenée moins que cet étranger, je le sais : je ne suis plus la femme que tu as quittée. Dans ma poitrine, mon cœur s'est racorni, réduit à la taille d'une pigne de pin.

Il y a des gestes que je ne fais plus qu'afin de tromper le monde.

Des gestes que je ne ferais même pas, si Éri ne les amorçait pour moi. Elle me tend l'éponge, l'huile fine, le peigne. Mais quand elle en arrive au fard et au parfum, elle voit mes gestes se ralentir, mes yeux se fermer, et mes paupières se gonfler de larmes que je ne laisse pas couler. Je ne tiens pas à plaire à un autre que toi, et tant d'efforts pour simplement paraître inébranlée me coûtent un peu plus chaque jour.

Parfois, d'autres pensées me taraudent. Et si tu revenais égal à toi-même : aussi fort et assuré que quand tu es parti ? Et si tu ne retrouvais pas en moi la force et l'assurance que j'avais alors ? M'aimerais-tu encore ?

Mon esprit est resté fixé sans en démordre sur la certitude que tu reviendras. Comme un poing refermé sur un objet qu'il refuse de lâcher et qui finit par être si crispé qu'il ne peut plus s'ouvrir.

Et toi, as-tu gardé la certitude de revenir ? J'ai peur que la femme que j'étais ne tue à tes yeux la femme que je suis devenue. Je me sens touchée par cet étranger, car, vois-tu, cet homme qui n'a plus rien est encore lui-même. Mais toi, que serais-tu si tu revenais pour voir qu'on t'a tout pris ? Que feras-tu, si tu reviens pour découvrir qu'on a voulu tout te prendre ? Auras-tu la patience de comprendre comment j'ai résisté ? Je me suis fiée à mes rêves, à défaut d'autre moyen de te parler. Et tu m'as toujours répondu. De rêve en rêve, tu m'as menée à travers le temps.

Avec ses pierres rugueuses et son assise obtuse, son plancher patiné et son ombre apaisante, la maison me porte et me soutient. Et bien sûr, elle me retient en elle, prisonnière entre ses murs et prisonnière du temps. Le rêve, lui, m'a ouvert un autre espace : toute une enfilade de salles où de nuit en nuit, sans bruit, pieds nus, les yeux fermés, j'allais vers toi. Mais vers qui au juste me mène ce dernier rêve ? Va-t-il me fourvoyer ? Je ne veux pas le savoir. Demain, je ne sais encore comment, je sortirai du rêve, et je forcerai le présent à advenir. Sans plus attendre.

La maîtresse/Éri

« Éri, tu as bien entendu Antinous hier ?

– Maîtresse, ton fils lui a répondu : il te laisse libre d'épouser qui tu veux ! Et il se refuse à te chasser de la maison de son père ! Il n'en dira pas plus : il t'a comprise, il te soutient.

– En allant au cellier, je les ai vus. Ils avaient déjà trop bu. La flamme des torches ensanglantait leurs visages en sueur, en rigoles ressemblant à des coulures de sang. Ils sont partis à rire, ou plutôt à braire, parcourus d'un même rire affreux, qui n'avait rien d'humain. *Vous voici couverts de sang, environnés de nuit et de fantômes*, leur a dit l'autre étranger aux yeux perçants ramené par Télem. Et ils riaient toujours, non comme des hommes, mais comme une seule bête stupide à plusieurs gueules. Une bête dangereuse et rancunière. Aussi Télem a conseillé à son ami de partir sans tarder. Nous deux n'avons plus que quelques instants pour parler avant que Méla ne revienne nous espionner. Sais-tu combien ton silence m'a soutenue jusqu'ici ? Je te demande de continuer à te taire, quoi que je dise, quoi que je fasse, même si tu ne me comprends pas. Je ne veux rien entendre, tais-toi, Éri, et suis-moi. Il est temps d'en finir. »

Éri

« Après, tout est allé très vite. Qu'aurais-je pu lui dire ? Tu n'étais pas là, Eumos, quand la maîtresse m'a envoyée laver les pieds du mendiant. J'étais agenouillée devant lui quand mes mains ont palpé sa cuisse et reconnu sa cicatrice. D'une main, il m'a serré la gorge pour me faire ravaler un cri, en sifflant entre ses dents :

– Parle et je t'étrangle.

Et je m'étais tue. Puis, en suivant la maîtresse au cellier, j'avais voulu lui dire qui il était. Oui, j'avais voulu parler, mais en croyant sans doute que je voulais la dissuader d'agir, elle m'a dit :

– Tais-toi.

Au fond du cellier, elle a empoigné l'arc et elle est remontée aussitôt dans la grande salle. Je sortais du cellier et j'en fermais la porte, quand je l'ai entendue leur lancer :

– Écoutez-moi, vous qui prétendez tous m'épouser, quand je ne suis pas encore veuve ! Voici l'arc de l'homme qui m'a prise pour femme. Si l'un de vous ici est capable de le tendre, je le suivrai chez lui pour devenir sa femme.

L'un après l'autre, les prétendants ont saisi l'arc, et tenté de le bander. Aucun n'y est parvenu.

– Jeunes prétendants, vous n'arrivez à rien, leur a lancé le mendiant. Usé par la vie et la misère, je n'ai plus la force de la jeunesse, mais laissez-moi essayer à mon tour.

– Mendiant, tu prétends te mesurer à nous ? Tu perds la tête ! Voilà ce qu'ils ont crié.

– Est-ce à une femme de vous le rappeler ? a lancé la maîtresse. Tout homme est en droit de se mesurer à un autre. D'ailleurs, il ne s'agit pas de rivaliser entre vous. Mais de vous mesurer à l'arc et à son maître. Pourquoi ce mendiant ne pourrait-il en faire autant ? Croyez-vous qu'il veuille m'épouser ? S'il parvient à faire ce qu'aucun de vous n'a fait, je m'engage à l'aider à regagner enfin sa maison et son lit, il l'aura mérité.

Et moi, j'ai cru que Télem aussi ignorait à qui il avait affaire quand il a dit à la maîtresse :

– Ma mère, moi qui ai seul des droits sur l'arc de mon père, je le laisse le manier. Toi, regagne le quartier des femmes et laisse-nous entre hommes.

Je me trompais. Télem savait, comme tu savais, comme je savais. Mais chacun de nous était lié par le silence juré. Elle seule ne pouvait savoir. Le maître n'avait pas changé. Vingt ans après, il était toujours le Poulpe rusé. Capable, comme le poulpe qui se couvre d'algues et de coquillages, de se couvrir d'oripeaux pour revenir dans sa propre maison déguisé en mendiant, capable de rester tapi tant qu'il le pourrait et puis de projeter tout autour de lui une noire nuée de mensonges pour les aveugler avant d'attaquer sans pitié. Il aura leurré les intrus, comme nous-mêmes. C'est entendu.

Mais après, Eumos ? Après, comment as-tu laissé faire ?

Quoi ? Ne sais-tu pas de quoi je parle ? Après… Quand tu m'as appelée pour me dire de barrer de l'intérieur la porte de la salle des femmes après les y avoir toutes rassemblées, je l'ai fait. La porte est lourde, mais mal jointive ; entre le haut des battants et le mur de pierre, un petit jour laisse filtrer le son. En la repoussant, j'ai senti mes bras faiblir et mes genoux fléchir d'angoisse. J'ai appuyé mon front moite sur le bois, et je t'ai entendu courir vers le portail, qui n'a presque pas grincé, tant tu l'as refermé vivement, en faisant à peine claquer les barres que tu repoussais. Je t'ai entendu revenir tout aussi vite et rentrer dans la grande salle.

Je me suis retournée : Méla était là. Elle n'avait rien entendu de ce que tu me disais, mais elle me fixait, les sourcils froncés, intriguée.

– Au travail ! lui ai-je dit.

Je n'avais pas refermé la bouche qu'un sifflement a fendu l'air.

– Il reste une hirondelle qui n'est pas repartie, a dit Méla, sans s'en étonner. Mais elle repartira bientôt.

Non, elle mourra, ai-je pensé sans le lui dire, tout en répétant :

– Au travail !

Méla était trop jeune pour avoir jamais entendu vibrer l'arc immense, endormi depuis vingt ans. Et là, il chantait à nouveau, entre les mains de son maître. Et mon cœur chantait avec lui. Un deuxième sifflement s'est fait entendre, suivi d'une vibration sourde : la flèche venait de traverser les anneaux des haches alignées avant de se planter dans un des piliers de bois.

Méla s'est assise parmi les autres filles qui travaillaient déjà.

Restée à la porte, j'ai entendu rouler par terre une coupe de métal. Et puis d'autres choses : le fracas d'une table renversée, et des cris, et des éclats de voix.

Depuis longtemps, nous nous étions accoutumées à entendre résonner jusque tard dans la nuit les rires des intrus. Mais les bruits qui déchiraient à présent le silence étaient plus abrupts. À chaque claquement, à chaque choc, l'une ou l'autre des filles sursautait. Elles restaient assises, travaillant avec des gestes saccadés, sans oser parler ni relever les yeux. Tête inclinée, lèvres tremblantes, elles ravalaient leurs larmes, mais de temps à autre, il en tombait une sur leur ouvrage. J'ai entendu quelqu'un courir à la salle des armes et revenir dans la grande salle, courant toujours, chargé de boucliers qui s'entrechoquaient et de piques qui raclaient contre le mur du corridor.

Les filles étaient toutes trop jeunes pour reconnaître ces bruits, car depuis bien longtemps les armes dormaient, faute de guerriers. Sans trop comprendre, les filles frémissaient pourtant à chaque nouveau bruit.

Moi, je tendais l'oreille, sachant que pour la maîtresse, le maître et leur fils, il ne pouvait y avoir qu'une issue.

Après avoir appris à me taire dès ma jeunesse, dans les dernières années, j'avais appris à écouter, à épier, à flairer.

Et soudain, je sentis : une odeur flottait dans l'air, fade. Une odeur de boucherie. Je l'avais tant redoutée et tant attendue que je fus la première à la reconnaître. Une écœurante odeur de carnage envahit la pièce, saturant l'air. Méla poussa un cri qui s'étrangla dans sa gorge, en levant sur moi des yeux où la terreur avait remplacé la haine. Alors j'ai entendu secouer la porte.

– Vite, viens, mon père t'attend, il veut te parler, m'a crié Télem. Sans dire un mot, j'ai ouvert et refermé la porte derrière moi, puis je l'ai suivi dans la grande salle.

Tu étais là, Eumos, tu l'as vu comme moi.

Et la joie qui flambait en mon cœur et en mes yeux s'est éteinte.

Il était là, devant moi, toujours vivant, mais couvert de sang, des pieds au haut des bras. Lui, le maître. Vivant. Vivant, mais debout au milieu d'un champ de morts. Autour de lui, gisait toute la jeunesse de l'île et des environs.

– Réjouis-toi, mais tais-toi ! me lança-t-il. Pas un mot ! Il est impie de triompher des morts.

Il se trompait. Comment me serais-je réjouie ? La joie avait déserté mon cœur, devant ce bain de sang. Ne te l'avais-je pas dit, Eumos, qu'au jour de son retour, nous nagerions dans le sang ?

Les filles étaient toujours enfermées. Elles avaient entendu et senti, mais elles n'avaient rien vu. Il a voulu savoir combien d'entre elles nous avaient trahis. Il y en avait une douzaine. Je lui ai dit que j'allais réveiller la maîtresse, lui annoncer qu'il était là. Mais il me l'a défendu. Il a exigé que j'aille chercher les douze coupables. Quand elles sont entrées, elles ont vu leurs amants égorgés, déchirés, transpercés. Il leur a ordonné de tirer et d'entasser leurs corps dehors. Elles n'en avaient pas la force, et il vous a ordonné de les aider, Télem et toi, avec le bouvier. Et vous l'avez fait, pendant qu'elles pataugeaient dans le sang de leurs amants et pleuraient toutes les larmes de leur corps. Puis elles ont dû éponger le sang déjà caillé et noirci, et laver les dalles de la salle. Moi, j'ai apporté le feu et le soufre réclamés par le maître. Avec les filles, nous avons lavé les dalles à grande eau, et fait flamber le feu. Il a purifié la salle de tous ces miasmes de mort.

Puis, avec le bouvier, tu as aidé Télem à faire sortir les filles de la salle, et à les acculer dans un coin de la cour. Et là, Eumos, tu as aidé Télem à les étrangler toutes, ensemble, avec un même câble. Ces filles n'étaient rien, me diras-tu, Eumos. Mais justement, pour cela même, n'aurait-il pas suffi de les embarquer et d'aller les vendre ailleurs ? Elles n'avaient que seize ans, on aurait pu les laisser vivre.

Quant aux autres, assurément, ils avaient appelé la mort sur eux. Mais crois-tu qu'il suffira de retarder la nouvelle de leur mort pour éviter de nouvelles catastrophes ? Ne me regarde pas comme si j'étais un oiseau de malheur, Eumos. Pas plus que le maître, tu ne veux voir ce qui nous guette. Le maître peut espérer différer pour un temps la violence que risquent d'attirer tant de morts. Mais il ne pourra étouffer le ressentiment. Et qui le paiera, sinon nous, et au premier chef, Télem ?

Vous vous êtes lavés de tout ce sang. Puis, comme le voulait le maître, je suis montée à l'étage. Je suis entrée sans bruit dans la chambre. La maîtresse dormait. Couchée sur le dos, paupières closes, lèvres entrouvertes, paumes offertes. J'ai tendu la main pour effleurer un de ses bras, et avant même que je ne la touche, elle a tressailli et ouvert les yeux.

– Éri, que veux-tu ? Pour une fois, je dormais si bien, délivrée de mes rêves !

Elle s'est assise sur le lit, humant l'air en fronçant les sourcils.

– Qui a brûlé du soufre ? Et quelle est cette odeur ? Elle est fade, écœurante, entêtante. Elle parle de boucherie…

– Lève-toi, maîtresse ! Tu vas revoir enfin celui que tu attends. Oui, il est revenu !

– Serais-tu devenue folle ? Et pourquoi ris-tu ?

– Il est là, je te le dis !

– Mais les autres ?

– Il les a tous tués !

– Je ne peux le croire, est-ce leur sang qui empeste ? Je veux les voir tous morts.

– Tu ne les verras plus. Le maître t'attend, viens, descends.

J'ai bien vu qu'elle ne me croyait pas, toutefois elle m'a suivie.

Dans la salle, l'odeur du soufre avait couvert celle du sang. Le feu brûlait, les dalles séchaient lentement.

Sur le seuil, je me suis écartée pour laisser passer la maîtresse, mais elle s'est arrêtée. Elle a baissé les paupières, puis les a lentement relevées. Et moi, à côté d'elle, j'ai vu ses yeux s'emplir lentement de l'image du maître. Et lui la regardait, comme s'il ne l'avait pas vue depuis vingt ans, comme s'il ne lui avait pas parlé quelques heures auparavant. Aucun des deux ne disait mot.

Enfin, Télem, qui se trouvait sur le côté, entre eux, a parlé.

– Mère, mon père est là, devant toi, enfin revenu ! Et tu ne lui dis rien ? As-tu un cœur de pierre ?

Sans quitter des yeux le maître, elle lui a répondu.

– Mon fils, je ne peux parler.

Elle qui s'était si longuement maîtrisée, qui parlait toujours sur un ton égal, elle a dit ces mots d'une voix sourde, presque éteinte. Elle a pris une profonde inspiration, avant d'ajouter :

– Mais si c'est bien ton père qui est là, ne crains rien, nous nous reconnaîtrons. Il est des secrets que nous seuls partageons.

Télem les regardait. Il les regardait sans comprendre, comme un enfant, lui qui était pourtant revenu tellement mûri de la traversée en mer.

– Laisse donc à ta mère le temps de m'éprouver, lui a dit le maître. Entre-temps, que personne ne se doute que tous les prétendants ont été massacrés ; sinon, d'autres voudront les venger. Toi, fais en sorte que les gens croient qu'on célèbre entre nos murs les nouvelles noces de ta mère.

Aussitôt, Télem est sorti de la salle, sans voir qu'au mot de nouvelles noces, sa mère avait rougi et détourné les yeux. Moi, j'étais là, entre eux deux, ne sachant que faire. J'aurais voulu que l'un ou l'autre m'ordonne de sortir, mais le maître patientait et elle se taisait toujours.

Alors le maître a parlé.

– Me voici devant toi, ma femme. Tu étais plus tendre quand je ne m'étais pas fait reconnaître.

Et il y avait comme un sourire dans sa voix.

Il s'est tu, puis voyant qu'elle ne parlerait pas, il a ajouté avec plus de douceur :

– Ce que tu as confié au mendiant reste dans le cœur du mendiant.

Il a encore patienté, mais elle n'a pas ouvert la bouche.

– Ne me parleras-tu pas ? lui a-t-il dit.

Puis il s'est tourné vers moi.

– Éri, ta maîtresse m'a traité en homme quand je n'étais qu'un errant. À présent, elle me traite en mendiant, sans me faire l'aumône d'une parole.

Elle est restée silencieuse et il s'est à nouveau adressé à moi.

– Notre fils a raison : elle a un cœur de pierre. Puisque c'est ainsi, j'irai dormir seul. Éri, va me dresser un lit à l'écart.

– Non ! s'est-elle écriée, en plantant son regard dans le mien. Éri, va donc dresser le cadre de lit fait des mains de mon époux, avec les peaux, les feutres et les draps fins.

Cet ordre était si absurde que j'ai failli éclater de rire. Mais j'ai compris où elle voulait en venir, la rusée, en entendant le maître s'écrier, avec une fureur contenue :

– Qui aurait pu déplacer le lit que j'ai taillé de mes mains dans un fût d'olivier vif ? N'ai-je pas élevé tout autour les murs de notre chambre ? Sur ce premier montant poli, j'ai appuyé le reste du cadre, que j'ai tendu de courroies de cuir rouge. Qui aurais-tu laissé toucher à notre lit ?

Alors, elle lui a souri.

– Ah, je te reconnais ! Pardonne-moi ma défiance, toi qui me reviens enfin !

Il l'a regardée, comme si ses mots lui parvenaient de très loin, et il a hoché la tête.

Moi, je suis vite sortie pour aller préparer leur chambre. J'ai apporté un brasero, de l'hydromel chaud, et de l'eau fraîche.

Ils sont entrés dans la chambre, et j'ai refermé la porte sur eux.

Mais j'avais au cœur la peur terrible que les parents des intrus ne veuillent venger leur mort. Alors vois-tu, Eumos, j'ai pris deux peaux de bête, et je me suis assise dessus, dos au mur, pour veiller devant leur porte. Je les entendais murmurer, et leurs voix me berçaient. Moi qui ne suis plus qu'une vieille femme, elles me berçaient comme une enfant.

Par moments, je m'endormais. Le mur était froid dans mon dos, les dalles froides sous mes pieds, ma tête s'inclinait sur mon épaule. Je me redressais, je me calais à nouveau dos au mur, mais sans pouvoir résister à la fatigue, je glissais à nouveau.

Et puis un rire m'a réveillée.

Qui pouvait bien rire ?

J'ai ouvert les yeux, j'étais seule dans le corridor.

Et peu à peu, je n'ai plus eu la force de me redresser. Je sentais que j'aurais dû le faire, que le danger rôdait dans l'ombre. Or, allongée devant leur porte, je dormais.

Et j'entendais la voix du maître. Comme s'il me parlait à l'oreille. J'essayais en vain d'ouvrir les yeux, mes paupières étaient trop lourdes. Pourtant, je ne sentais pas son souffle contre mon oreille, ni son haleine dans mon cou. Il parlait, parlait, parlait…

Tout ce qu'il disait, je le savais déjà. Il me l'avait déjà dit, tant et tant de fois, bien longtemps auparavant. Mais pourquoi me redisait-il avec sa voix d'homme tant d'histoires qu'il m'avait dites de sa voix d'enfant ? Tant d'aventures extraordinaires peuplées de créatures fantastiques et de monstres naïfs, que les autres enfants l'écoutaient raconter bouche bée. Le géant avec un œil unique au milieu du front, les femmes invisibles qui chantent sur la mer, les îles où poussent des fruits d'oubli, les magiciennes qui capturent des guerriers, les sauvages qui mangent des hommes.

Et quelqu'un riait doucement, quelqu'un qui ne pouvait croire qu'un homme fait raconte de telles histoires à sa femme, et que sa femme les croie. Et c'était moi qui riais, couchée devant la porte, en entendant la voix du maître passer sous le battant. Je riais, je riais presque sans bruit. Il parlait encore, et je ne pouvais le croire. Car enfin, Eumos, peut-on croire que des choses imaginées ou redoutées dans l'enfance, un homme finisse par les vivre un jour ? Que des rêves ou des cauchemars se réalisent, quand on est de force à les affronter ? Que des histoires longtemps ressassées prennent corps et que celui qui les contait doive les traverser ?

Il parlait toujours, et elle l'écoutait. Je ne sais si elle avait eu des raisons de rougir de ce qu'elle avait confié au mendiant. Mais il était clair que cela resterait dans le cœur du mendiant. Y aurait-il place dans le cœur du maître pour ce qu'elle avait enduré afin de préserver son fils, sa maison et son nom ? En tout cas, elle n'en disait rien. En parlerait-elle jamais ? Serait-elle désormais comme lui capable de cacher en son cœur des choses ? À lui, comme aux autres ? De tant d'après-midi passés à considérer lucidement ses faiblesses, à évaluer à l'heure près l'approche du danger, à mûrir ses défenses, de tant de nuits perdues à fuir les rêves de bonheur et les cauchemars, ne lui dira-t-elle rien ? Est-ce encore nécessaire ?

De fait, elle qui mesure ses paroles et ne parle jamais en vain, elle a parlé : elle a su le prendre à son propre jeu. Ils se sont mesurés : ils sont de force égale. En me disant d'aller dresser le lit, elle l'a piégé, lui, le maître capable de tromper n'importe qui. Juge-t-elle inutile d'en dire davantage ? Je ne sais s'il saurait l'écouter comme elle l'écoute elle-même. Peut-être s'entendent-ils désormais si parfaitement qu'elle peut céder au ravissement de l'écouter parler toute la nuit. Quant au reste du monde, elle se moque bien de son opinion.

Dans deux, dix ou vingt générations, les gens parleront peut-être encore du héros allé au bout du monde, et revenu après vingt années d'errance. Mais qui comprendra qu'elle est venue à bout du temps ? Et quand nous serons morts et oubliés, Eumos, qui saura qui elle était vraiment, et ce qu'elle a fait ? Tous croiront qu'elle était simplement une femme qui avait attendu, en pleurant et en dormant. Seuls Théoclymène, Télémaque, toi et moi aurons su qui fut Pénélope.

La nuit tire à sa fin, mais il parle toujours, et elle l'écoute. Moi, j'en ai assez entendu, et même plus que je n'aurais dû. Peu importe, en fait.

Mes mains ont palpé la cicatrice de sa cuisse, l'arc lui a obéi et la maîtresse l'a mis à l'épreuve. Ces trois faits l'attestent : c'est bien lui, et nul autre, qui est revenu dans son île, dans sa maison, dans son lit. Mais seules les histoires qu'il ne peut s'empêcher de raconter prouvent que m'est revenu l'enfant que j'ai de mes propres mains mis au monde : Ulysse. »

TRISTRAM

CATALOGUE

janvier 2022

Corinne Aguzou
La Révolution par les femmes
Printemps
Les Rêves de l'Histoire

Nina Allan
Complications
Stardust
La Course
La Fracture
Le Créateur de poupées

Les Alligators souriants – Voix d'écrivains
(disque compact hors commerce)

Thomas André
L'Avantage

Kenneth Anger
Hollywood Babylone (édition de luxe)

Association de malfaiteurs : 30 ans d'édition indépendante
(anthologie)

J.G. Ballard
La Foire aux atrocités
Millénaire mode d'emploi
Sauvagerie
Nouvelles complètes (en trois volumes)

Lester Bangs
Psychotic Reactions & autres carburateurs flingués
Fêtes sanglantes & mauvais goût
Lester Bangs : mégatonnique rock critic, biographie par Jim DeRogatis

Samuel Beckett
Solo, par David Warrilow (disque compact)

Mehdi Belhaj Kacem
Cancer
1993
Vies et morts d'Irène Lepic
L'Antéforme
Esthétique du chaos
Society
L'Essence n de l'amour (coédition Fayard)
Événement et répétition
L'Affect
eXistenZ

Maud Berthomier
Encore plus de bruit :
l'âge d'or du journalisme rock en Amérique

Pierre Bourgeade
Les Âmes juives
Warum
L'Éternel Mirage
L'Horloge
Les Boxeurs
Les Comédiens
Ramatuelle
Rêves de femmes, illustré par Willem
Le Diable
Éloge des fétichistes

Stewart Brand
L'Horloge du Long Maintenant
Discipline pour la planète Terre

Lenny Bruce
Irrécupérable

William S. Burroughs
Le Porte-lame

Catullus, petit chien, par Auxeméry

Vincent Colonna
Yamaha d'Alger
Ma vie transformiste
Autofiction & autres mythomanies littéraires

Isidore Ducasse
Poésies

Louis Dumur
Un coco de génie

Sylvie Durastanti
Sans plus attendre

Maurice Girodias
Président Kissinger

Pavel Hak
Safari
Sniper
Lutte à mort

Bernard Hœpffner
Portrait du traducteur en escroc

Les Vies parallèles de Jack Kerouac
biographie par Barry Gifford & Lawrence Lee

Celia Levi
Les Insoumises
Intermittences
Dix yuans un kilo de concombres
La Tannerie

Hubert Lucot
Le Grand Graphe
(roman mural, tapisserie de 12 m^2)
accompagné du livre *Le Graphe par lui-même*
Le Gato noir

Onuma Nemon
Ogr

Valère Novarina
Le Discours aux animaux I et *II (L'Animal du temps /L'Inquiétude)*
par André Marcon (double disque compact)

Edgar Allan Poe
Eurêka

Jackson Pollock
biographie par Steven Naifeh & Gregory White Smith

Ezra Pound
Je rassemble les membres d'Osiris
Henri Gaudier-Brzeska
(sculptures photographiées par Christian Roger)

Julián Ríos
Nouveaux Chapeaux pour Alice
Chez Ulysse
Cortège des ombres
Quichotte & Fils
Monstruaire
Pont de l'Alma

Maurice Roche
Compact (version originale en 7 couleurs)
Compact, lu par l'auteur (disque compact)
Mémoire

Alain Julien Rudefoucauld
Le Dernier Contingent
Une si lente obscurité

Lydie Salvayre
Famille

Princesse Sapho
Le Tutu

Arno Schmidt
Histoires
Vaches en demi-deuil
Tina ou de l'Immortalité suivi de
Arno à tombeau ouvert, monographie par Claude Riehl
Le Cœur de pierre
On a marché sur la Lande
Cosmas ou la Montagne du Nord
Goethe et un de ses admirateurs
Alexandre ou Qu'est-ce que la vérité ?
Scènes de la vie d'un faune
Brand's Haide

Patti Smith
La Mer de Corail
(photographies de Robert Mapplethorpe, Lynn Davis et Edward Maxey)
Corps de plane, écrits 1970-79
Piss Factory 96 (disque compact hors commerce)

Laurence Sterne
La Vie et les opinions de Tristram Shandy
Le Roman politique
Un voyage sentimental suivi du *Journal à Élisa*

Robert Louis Stevenson
L'Île au Trésor

Whit Stillman
Les Derniers Jours du disco
Amour & Amitié

Hunter S. Thompson
Parano dans le bunker
Dernier Tango à Las Vegas
Nouveaux Commentaires sur la mort du Rêve Américain
Hunter S. Thompson : journaliste & hors-la-loi, biographie
par William McKeen

Mark Twain
Les Aventures de Tom Sawyer
Aventures de Huckleberry Finn
N° 44, le Mystérieux Étranger
L'Autobiographie de Mark Twain : Une histoire américaine
L'Autobiographie de Mark Twain : L'Amérique d'un écrivain

William T. Vollmann
Décentrer la Terre – Copernic et les révolutions des sphères célestes
Le Livre des violences
Le Roi de l'Opium et autres enquêtes en Asie du Sud-Est
Fukushima : dans la zone interdite
Tout le monde aime les Américains
et autres enquêtes en Afrique et dans le monde musulman

souple ÉDITIONS TRISTRAM

CATALOGUE – janvier 2022

n° 1 **Laurence Sterne** – *La Vie et les opinions de Tristram Shandy*

n° 2 **Mark Twain** – *Les Aventures de Tom Sawyer*

n° 3 **Joyce Carol Oates** – *De la Boxe*

n° 4 **Hunter S. Thompson** – *Le Marathon d'Honolulu*

n° 5 **Lester Bangs** – *Psychotic Reactions & autres carburateurs flingués*

n° 6 **J.G. Ballard** – *Sauvagerie*

n° 7 **J.G. Ballard** – *Vermilion Sands*

n° 8 **Céline Minard** – *Bastard Battle*

n° 9 **Mark Twain** – *Aventures de Huckleberry Finn*

n° 10 **William T. Vollmann** – *Fukushima : dans la zone interdite*

n° 11 **Patti Smith** – *La Mer de Corail*

n° 12 **Kenneth Anger** – *Hollywood Babylone*

n° 13 **Alain Julien Rudefoucauld** – *Le Dernier Contingent*

n° 14 **Pierre Bourgeade** – *Les Âmes juives*

n° 15 **Arno Schmidt** – *Scènes de la vie d'un faune*

n° 16 **William McKeen** – *Hunter S. Thompson : journaliste & hors-la-loi*

n° 17 **Celia Levi** – *Les Insoumises*

n° 18 **Patti Smith** – *Les Années 70 : premiers écrits*

n° 19 **Lester Bangs** – *Fêtes sanglantes & mauvais goût*

n° 20 **J.G. Ballard** – *La Foire aux atrocités*

n° 21 **J.G. Ballard** – *La Bonté des femmes*

n° 22 **Pierre Bourgeade** – *Ramatuelle*

n° 23 **Pierre Bourgeade** – *Venezia*

n° 24 **Mark Twain** – *N° 44, le Mystérieux Étranger*

n° 25 **Nina Allan** – *Complications*

n° 26 **J.G. Ballard** – *La Face cachée du soleil*

n° 27 **J.G. Ballard** – *Super-Cannes*

n° 28 **Arno Schmidt** – *Histoires*

n° 29 **Leonard Gardner** – *Fat City*

n° 30 **Nina Allan** – *Spin*

n° 31 **Mehdi Belhaj Kacem** – *Artaud et la théorie du complot*

n° 32 **Princesse Sapho** – *Le Tutu*

n° 33 **Bernard Wallet** – *Paysage avec palmiers*

n° 34 **Kenneth Anger** – *Retour à Babylone*

n° 35 **Arno Schmidt** – *Le Cœur de pierre*

n° 36 **Mehdi Belhaj Kacem** – *Vies et morts d'Irène Lepic*

n° 37 **Éric Losfeld** – *Endetté comme une mule*

n° 38 **J.G. Ballard** – *Le Rêveur illimité*

n° 39 **J.G. Ballard** – *Le Jour de la création*

n° 40 **Pavel Hak** – *Sniper*

n° 41 **Jane Austen** – *Lady Susan*

n° 42 **Nina Allan** – *Stardust*

n° 43 **Nina Allan** – *La Course*

n° 44 **Celia Levi** – *Dix yuans un kilo de concombres*

n° 45 **Celia Levi** – *Intermittences*

n° 46 **Celia Levi** – *La Tannerie*

SOUPLE POUR LA JEUNESSE

n° 1 **Mark Twain** – *Les Aventures de Tom Sawyer*

n° 2 **Mark Twain** – *Aventures de Huckleberry Finn*

Composé
par Tristram
à Auch
et achevé d'imprimer
par l'imprimerie Laballery
à Clamecy
en novembre 2021
pour le compte
des Éditions Tristram
39 boulevard Roquelaure
B.P. 90110
32002 – Auch cedex

ISBN 978-2-36719-086-0
Dépôt légal : décembre 2021
Numéro d'impression : 110560
Imprimé en France